D1707149

Madame Marie Jose AUBERT
13 Chemin De Maillabert
69340 FRANCHEVILLE

# Noces de neige

# GAËLLE JOSSE

# Noces de neige

ROMAN

*... et tous les hommes vont leurs chemins.*
Hugo von HOFMANNSTHAL


*Dans la nuit noire de l'âme,*
*il est toujours trois heures du matin.*
Francis Scott FITZGERALD

# I

*Nice, 9 mars 1881*

La fête est finie, nous partons. Dans quelques jours nous serons à Saint-Pétersbourg. Là-bas, la ville est encore enfermée dans son hiver. Bientôt viendra le dégel, avec les blocs de glace irisée emportés par la Neva, où se reflètent l'or et les couleurs joyeuses de nos palais. Je vais vivre, enfin, je vais revivre. Qu'y puis-je si ces mois interminables que nous passons chaque année ici, à Nice, me sont un calvaire ?

Nous voilà arrivés sur ce quai poussiéreux encombré des malles que l'on monte à bord. Ma mère est là, dans une immobilité de statue, lèvres pincées. Mon père, le grand-duc Alexandre Feodorovitch Oulianov, marche de long en large, aussi impatient que moi de ce voyage.

Vladimir, mon frère aîné, se tient un peu à l'écart, pâle au milieu de ses amis venus lui faire leurs adieux. Plus loin, j'aperçois Mathilde, notre gouvernante française, à côté de sa mère et de sa sœur qui la pressent contre leur corset à l'en étouffer. Mon jeune frère Nikolaï la suit comme son ombre. C'est étrange, nous sommes une même famille, mais personne n'est heureux en même temps.

Nous partons. Je devrais, comme tous les Russes qui viennent ici chaque hiver, me réjouir des caresses du climat, des mimosas et des bougainvillées, des fêtes incessantes, des réceptions, des galas, des promenades et des concerts, me réjouir des vêtements et des chapeaux légers qui remplacent ici manteaux, bottes et chapkas, me réjouir du bleu insensé de la mer et de toute cette végétation aux couleurs acidulées, insolentes.

À seize ans, je devrais être comblée par ces fêtes, cette légèreté qui amène grands-ducs, princesses, dames d'œuvres, notables, artistes, courtisanes, voyous et profiteurs à se croiser dans les mêmes lieux, à rire et boire ensemble, à s'aimer parfois. Je devrais me réjouir du défilé quotidien des couturières et des modistes et n'avoir en tête que la robe ou l'étole à étrenner pour une nouvelle soirée, un nouveau bal, un nouveau concert.

Il n'en est rien. Ma vie est ailleurs. Je n'éprouve ici qu'accablement. Mais qui s'en soucie ? Je laisse ces joies à ma mère, la grande-duchesse Maria Petrovna Oulianova, et à mon frère Vladimir, cadet du tsar. J'ai l'impression que leur vie commence sur ce quai de gare, lorsque nous arrivons à la fin du mois de novembre, et s'y achève à notre départ au début du printemps. Cette fois-ci, sur l'insistance de mon père, nous repartons plus tôt que les autres années. De combien de fêtes, de défilés fleuris ma mère va-t-elle être privée ? Je pense que ce qui la met au désespoir, c'est aussi ce palais tout neuf où elle se plaît tant, et que nous laissons derrière nous jusqu'à l'année prochaine.

Car elle a voulu un palais. Elle ne voulait plus descendre au Westminster ni au Grand Hôtel Méditerranée, malgré la suite luxueuse que nous occupions d'ordinaire dans ce dernier, avec ses balcons en pierre blanche ouvrant sur la longue courbe de la Promenade des Anglais. Un personnel négligent, impertinent à son goût, aux manières désastreuses, et tous ces salons, ces jardins qu'il lui fallait louer en permanence pour recevoir, sans même qu'elle puisse y montrer sa propre argenterie et ses coupes en cristal taillé. Pendant des années, elle a harcelé mon père, jusqu'à ce qu'il accepte de faire construire l'hôtel particulier où nous résidons maintenant, au calme dans les hauts de Nice, la mer à nos pieds.

Du jour où mon père a cédé à son caprice, ma mère s'est transformée en architecte, en décorateur, en peintre, en paysagiste. Rien ne lui a échappé. Jour après jour, elle a harcelé les responsables du chantier, jusqu'à ce que son rêve de pierre prenne forme. Rien, rien n'était trop beau, trop grand, trop fastueux. Colonnes, balcons, boiseries peintes, murs décorés de paysages italiens en trompe l'œil, parquets marquetés, escaliers en pierre, portraits de famille...

La grande-duchesse Maria Petrovna est belle, somptueusement belle. Parfois, je la regarde à la dérobée, et je l'admire. Port de tête souverain, regard intense, teint clair et cheveux sombres, avec des épaules de marbre blanc, la taille étroite, élancée, prise dans des robes qu'elle sait choisir à son avantage. Elle n'aime pas que je la regarde de cette façon. *Qu'avez-vous à me fixer ainsi, Anna Alexandrovna ? N'avez-vous donc rien d'autre à faire ? Eh bien, auriez-vous perdu l'usage de la parole ?* Je crois que je lui fais perdre son précieux temps, il y a toujours un domestique à houspiller, des ordres à passer au cuisinier, une couturière à martyriser ou un orchestre à convoquer pour l'agrément d'une soirée.

Alors que la construction du palais touchait à sa fin, ma mère s'est passionnée pour l'art des jardins. Elle a fait planter des palmiers de part et d'autre de la grille d'entrée, fait tracer des massifs à la française, exigé une haie de cyprès au fond du parc. Un souvenir d'Italie... Elle a voulu une volière, une construction de métal ouvragé qui abrite des arbustes et des perchoirs pour les perruches colorées et toutes les espèces à plume qu'elle a désiré y faire venir. Avec le temps, elle s'est aperçue que la volière était installée trop près de la maison, les cris et piaillements variés qu'on pouvait y entendre la dérangeaient ; la volière fut déplacée.

Au fond du parc, elle a voulu une serre. Un jardinier y entretient quantité d'orchidées aux formes contournées et aux noms étranges. Sur le perron, des orangers et des citronniers ont été disposés dans des caisses en bois verni, une idée volée à l'une de ses amies, la comtesse Gretchenko. Un bien étrange épouvantail, la comtesse. À la voir pour la première fois, on dirait qu'elle sourit sans cesse. Il n'en est rien. C'est un rictus figé en biais, comme si un coup de hache avait séparé son visage en deux parties inégales.

Ici, à Nice, nous mangeons russe, nous rions français, et nous valsons viennois.

La valse, son lent et hypnotique tournoiement, et son accélération, où le couple semble emporté par une force qui le dépasse, soutenu par la vibration des instruments à cordes. C'est long, parfois très long, la *Valse de l'Empereur* est interminable. C'est la préférée de Mère, aussi n'est-il pas rare qu'elle soit jouée à plusieurs reprises lors d'une même soirée. Je la redoute entre toutes. Afin de ne pas céder à la nausée provoquée par ce balancement circulaire, la cavalière doit poser son regard sur un point à l'extrémité de la salle, par-dessus l'oreille de son danseur. Ainsi leurs regards ne se croisent-ils que rarement. Mais quel cavalier serait assez fou pour me regarder dans les yeux ?

Mère rêve de grandeur, et de folies que le monde lui envie. Elle vit pour les fêtes, celles qu'elle donne et celles dont elle est l'un des plus beaux ornements. Y a-t-il à Nice un seul bal, une seule réception réussie sans la présence de la grande-duchesse Maria Petrovna Oulianova ? Lorsqu'elle reçoit, le monde arrête sa course et demeure suspendu à ses seuls désirs. Flambeaux, girandoles, candélabres illuminent les salons. Sous les cols-de-cygne des lustres de Murano, les tuniques blanches et les épaulettes se pressent autour des robes enrichies de perles et de pierres précieuses.

Le parfum des fleurs, roses d'hiver et mimosas, installées dans d'immenses vases posés sur les cheminées ou les guéridons, est porté à son paroxysme par la chaleur des bougies et celle des corps. Il en devient écœurant, mais nul n'en paraît incommodé. Peut-être suis-je la seule ici à détester ces compositions rigides et prétentieuses, vouées à la boîte à ordures sitôt la soirée passée.

Les femmes sont gaies, elles sont étincelantes, gorges nues, satins, rubans, escarpins en soie brochée, gants. Les hommes sont beaux, d'une sorte de beauté collective, qui ne s'arrête pas aux traits ou à la prestance de l'un d'eux en particulier, une sorte de beauté contagieuse qui dispenserait ses bienfaits comme un divin poudroiement venu des cieux. Je peux comprendre que Mère ait le cœur déchiré de quitter un tel paradis.

Quand les fêtes ne se tiennent pas chez nous, elles nous font courir ailleurs, de palais en hôtel particulier. Les préparatifs occupent une grande partie de la journée. Mère découvre le matin une tache sur le vêtement qu'elle a décidé de porter ce soir-là, ou bien c'est une étole précieuse qui est froissée, ou dont les franges sont décousues. Tatiana, sa femme de chambre, une Caucasienne noiraude et superstitieuse, quitte alors la chambre sous les insultes, sous les coups parfois. Ainsi, Mère a-t-elle cassé il y a peu sa brosse à cheveux à manche d'ivoire incrusté d'argent.

Vient alors le moment que j'appréhende tant, celui où elle me fait venir à elle, habillée, pour une ultime vérification de ma toilette. Comment décrire l'expression de son visage dans ces instants-là ?

Il y a le champagne, aussi, sans lequel aucune fête n'est concevable, présenté par les domestiques en livrée plantés au garde-à-vous au bord de la salle de danse, attendant immobiles la dernière note de musique pour se glisser entre les danseurs avec leurs plateaux chargés de coupes que chacun saisit au passage. Et les rires, tous les rires, les rires jusqu'au vertige, à l'étourdissement ! Vient-on ici pour autre chose ? Pour autre chose qu'un temps suspendu, factice, artificiel et irrésistible ? Pour autre chose que les bons mots, les potins, la médisance qui suinte sous les plus charmants sourires, les plus exquis maquillages, sous les plus purs des rangs de perles et les plus suaves des fleurs ?

Cette saison, Mère a souhaité, malgré la réticence de Père, offrir à ses invités un accueil aux flambeaux. Il y a eu du vent ce soir-là ; pas assez pour les éteindre, mais suffisamment pour transporter des étincelles et embraser les pins parasols à proximité. Au matin, j'ai découvert leurs squelettes calcinés, encore fumants, désespérants sur ce ciel bleu, bras tendus dans une vaine invocation.

Ce fut un événement dont les gazettes locales parlèrent longtemps comme d'un drame miraculeusement évité.

À la voir là, sur ce quai grisâtre, retardant le moment où elle devra monter en voiture, respirant une dernière fois l'air tiède de l'après-midi comme pour en emporter quelques particules enfouies au plus profond de sa poitrine, jetant un dernier regard au plumet des palmiers qui dépassent du bâtiment de la gare, elle m'inspire presque de la pitié. Comment définir ces sentiments aussi emmêlés qu'elle provoque en moi ?

Dans un peu plus de cinq jours, elle retrouvera sa vie à Saint-Pétersbourg ; ce sera une réception pour notre retour, puis elle tentera de retenir Père aussi longtemps que possible en ville avec nous. Lui ne rêve que de passer le printemps et l'été à la campagne, dans notre propriété de Navorotchok, « Les Alouettes », comme disent les Français en avançant les lèvres en cul-de-poule.

Cinq jours, enfermés dans ces compartiments et ces salons roulants, cinq journées interminables et fades, jalonnées par ces noms de villes qui s'affichent le long des voies ferrées, où nous ne nous arrêterons jamais, condamnés à demeurer des syllabes entrevues et dénuées de sens. Nos principales étapes seront, comme toujours, Dijon, Paris, Berlin, Varsovie et Moscou, avec ces sempiternels changements de locomotive. Cinq jours avant de revenir à la vie. Retrouver Younka, ma jument, partir avec elle en longues chevauchées, ou accompagner Père à la chasse et me réjouir de l'arrivée du printemps sur nos terres, de la vie qui finit par triompher de la glace et du froid. Et bien sûr, il y a une autre raison qui fait battre mon cœur.

Cinq jours et quatre nuits à partager un compartiment avec Mathilde, Mathilde Séguran, la gouvernante française. Elle a été engagée l'an passé pour s'occuper de Nikolaï, mon jeune frère, et converser avec nous ou bien nous faire la lecture dans cette langue qu'on dit la plus belle du monde. Je la vois là, au bord du quai, flanquée de sa mère et de sa sœur éplorées à l'idée de la voir partir, une fois encore, pour notre pays qu'elles prennent pour une contrée hostile et barbare, où l'on boit trop, où l'on rit trop, où l'on pleure trop, où l'on vit trop. Il leur faut du doux, du tiède, du tendre, du bleu ciel et du rose pâle. Elles ne savent rien de notre âme.

Mathilde s'est présentée un jour à nous, sur le conseil d'une de ses connaissances, modiste ou couturière, je ne sais. Elle avait appris que nous cherchions quelqu'un pour remplacer la précédente gouvernante, cette fille morose, maigre et pâle, toujours à serrer sa minaudière en crochet blanc dans le pli du bras, enlevée à Venise par un gondolier ! Quelle histoire ! Seigneur, que Père a pu en rire, même s'il s'efforçait de garder devant ma mère un air pieusement outré !

Nous avions quitté Nice pour passer quelques jours sur la lagune vénitienne. L'un des gondoliers attachés au service de l'hôtel a dû repérer la malheureuse et lui promettre une vie extraordinaire auprès de lui. Il fallait la voir, aussi cramoisie que les coussins de velours damassé de la gondole, guigner du coin de l'œil le déhanchement du garçon. Il a chanté la sérénade, *Bella Napoli* et bien d'autres encore, en la dévisageant sans pudeur. Le dernier soir, la veille de notre retour à Nice, elle a disparu. La réception de l'hôtel nous a informés que la *signorina francese* avait fait descendre sa malle quelques heures auparavant, et qu'elle était partie. Ils n'avaient pas cru bon de la retenir, compte tenu du sourire illuminé qui s'affichait sur son visage.

Toujours est-il qu'il a fallu la remplacer. Très peu de temps après notre retour d'Italie,

Mathilde Séguran s'est présentée. Je la revois, avec ses mines modestes, ses petites révérences précises, sa voix douce et posée, sa robe gris clair à col et poignets blancs, son regard innocent et droit. Je l'ai détestée au premier coup d'œil, sans savoir pourquoi. L'autre faisait pitié, elle était ridicule, celle-ci est belle. Non, mieux que belle, elle est gracieuse, et attendrissante. Je la hais.

Mère a été sensible à sa parfaite éducation. J'ai cru comprendre qu'elle venait d'un milieu convenable, mais qu'un revers de fortune l'avait conduite à devoir gagner sa vie. Son père était banquier, ou quelque chose dans ce goût ; il a un jour pris le bateau pour l'Amérique avec l'argent de ses clients, et personne n'en a plus jamais entendu parler. Elle semble, tel un ange déchu, supporter cette infamie et cette déchéance avec stoïcisme, comme une épreuve envoyée par le Ciel, à laquelle il convient de faire face dignement.

Cinq jours à supporter sa conversation parfaite, ses propos toujours « de bon ton », sa discrétion appuyée, sa patience, son regard pudique, son sourire réservé. Mon jeune frère l'adore, alors qu'il martyrisait la précédente, dont j'ai déjà oublié le nom. Elle me prend pour une enfant, rebelle et malgracieuse, avec laquelle il est nécessaire d'user de patience. Elle se trompe.

À l'autre bout du quai j'aperçois Vladimir, engoncé dans sa tunique de cadet boutonnée jusqu'au cou, dans laquelle il semble suffoquer. C'est tout un groupe de ses amis, de fêtards, qui l'entoure. Vladimir est d'une générosité sans limites avec eux, je comprends leur désarroi de voir s'enfuir cette manne providentielle, cette bourse joyeuse et prodigue. Il vient de s'isoler un moment avec Armand Vannier, ce bon à rien débraillé, aux cheveux sales et aux yeux de loup. Mon frère part rejoindre son régiment en Crimée. Une région de vignes et de vergers, une magnificence au printemps, dit-on. J'imagine que la vie de garnison va lui paraître austère, même si elle laisse aux officiers assez de temps pour se distraire, boire, aller chez les tziganes et jouer aux cartes. Je sais ce qui le retient ici.

Père va partir pour notre domaine, chez ses moujiks, il reviendra de temps à autre à Saint-Pétersbourg, pour une raison assez peu avouable. Mère va se morfondre à Navorotchok, qu'elle déteste, passer ses colères sur le personnel, inventer des réceptions d'été pour tromper son ennui, et décider du jour au lendemain de changer tous les rideaux de la demeure. Ainsi va sa vie.

Le train part, enfin. Nous voici à bord, à la fenêtre encore ouverte de nos compartiments. Les employés de la gare s'agitent, l'un d'entre eux siffle en agitant un curieux drapeau. Il est ridicule, avec ses moustaches, sa casquette jetée en arrière, cet air d'importance qu'il croit se donner en libérant enfin la locomotive et ses wagons de leur immobilité. Je réalise que je n'ai pris congé de personne.

# II

*Moscou, gare de Biélorussie, 8 mars 2012*

Les paysannes en jupes de couleurs vives, peintes au plafond du grand hall de la gare de Biélorussie, n'en finissent pas de tourner leur ronde bariolée sous l'œil indifférent des voyageurs, occupés à leurs vies de voyageurs. Ils sont là, à vérifier la présence de leur bagage auprès d'eux, celle de leurs provisions de route, de leur billet au fond de leur poche, à repérer l'affichage du numéro de leur voie de départ, à écarter quelques individus crasseux puant l'alcool et oscillant d'un groupe à l'autre à la recherche d'une pièce ou d'une cigarette. Ils rassemblent autour d'eux parents ou amis, s'inquiètent des enfants qui courent, crient, s'impatientent et voudraient être ailleurs.

C'est dans ce bruit, dans ce mouvement qu'Irina Tanaiev arrive, avec son énorme valise rouge à roulettes entourée d'une double sangle de toile, un sac de voyage en nylon scintillant accroché à l'épaule, son sac à main en bandoulière, laissant brinquebaler en tous sens un porte-clés nounours pelé, coiffé d'un minuscule bonnet de laine d'une couleur indéfinie.

C'est ici, sous les paysannes souriantes figées dans leurs jupes criardes, qu'Irina a donné rendez-vous à Oksana avant le départ. Oksana qui accourt, essoufflée, sortant du métro après avoir traversé en courant la place et s'être engouffrée dans la grande gare turquoise et blanche. Non, pour rien au monde Oksana n'aurait manqué le départ d'Irina pour la France. Irina qui habite chez elle depuis plusieurs mois, débarquée un petit matin, comme ça, sans prévenir, sans argent, rien qu'elle et sa peur, rien qu'elle et sa peine et ses emmerdes et tout le reste. Oksana serre son amie dans ses bras, reprend son souffle, regarde sa montre ; elle lui tend deux ou trois magazines récupérés dans le hall de l'hôtel qui l'emploie, un sac avec des sandwichs, des fruits, du chocolat et deux canettes de soda, et aussi un petit cadeau, pour que tu sois belle et que tu penses à moi. Un boîtier en plastique noir brillant abritant une palette de maquillage et son miroir. Et Irina qui pleure, qui rit, qui ne sait plus trop.

Le Riviera Express part dans une demi-heure. Il rejoindra Nice en deux jours, une cinquantaine d'heures. Nous sommes jeudi, dix-huit heures. Samedi soir, début de la grande vie. Peut-être. *Tu me raconteras tout, tu promets ?* Oksana accompagne Irina sur le quai, l'aide à monter sa valise, jette un coup d'œil sur le compartiment de deuxième classe tapissé de gris et de bleu, s'extasie du confort de la banquette et du minuscule cabinet de toilette, des rideaux, des petites lampes de lecture et de la moquette moelleuse. Vite il faut redescendre, les provodnitsas en tailleur gris, badge rouge accroché à la veste, l'ont déjà rappelée à l'ordre. *Tu promets, tu me diras tout ?* Il fait chaud dans ce train, avec les doudounes matelassées, les gants de laine, les bonnets et les écharpes qui laissent juste voir la bouche et les yeux, les écharpes qui accueillent les larmes alourdies de mascara. *Je viendrai te chercher à ton retour, profite, profite, un mois de bonheur, c'est vite passé.*

Signes de la main derrière les vitres fumées, façon aquarium géant, et le train quitte déjà la gare pour Minsk, Smolensk, puis ce sera la Pologne, l'Autriche, l'Italie et la France, enfin. Nice, la Baie des Anges, dont elle ne connaît que les photos trouvées sur Internet et celles envoyées par Enzo, mais c'est un nom qui la fait rêver. C'est un climat qu'elle ne parvient pas à imaginer, des couleurs qui lui sont étrangères, une langue qu'elle ne comprend pas, qu'elle ne parle pas, mais elle se dit que c'est bien, de voyager.

Enzo. Bien sûr Enzo, puisque le départ d'Irina n'a d'autre but que de faire sa connaissance. Six mois de correspondance électronique assidue, de photos échangées et de versements bancaires. Les semaines qui s'annoncent vont être décisives. Retour définitif à Moscou, ou retour provisoire, mariage à Nice et débuts de la félicité éternelle. Pourquoi pas ? C'est ce qu'elle se dit depuis tout ce temps : pourquoi pas ? Il semble que des milliers d'hommes rêvent d'une grande histoire d'amour et d'un mariage avec une jeune Russe. Irina trouve ça étrange, mais là aussi, pourquoi pas ? Les beautés slaves sont à la mode dans les magazines, chacun a bien le droit de rêver un peu. Et parfois les rêves se réalisent.

Ou vont se réaliser. La preuve. Pour ce qui est de la beauté slave, Irina, sans être laide, loin de là, n'est pas forcément la plus typique. Le photographe de l'agence a fait preuve de talent pour les clichés qui accompagnaient son annonce sur idyllerusse.com. Annonce n° K 2607/82. Entre Vera, de Krasnogorsk, et Elena, de Rostov. Bien plus jolies. C'est pourtant elle qu'Enzo a contactée. On trouve aussi Oksana sur ce site, mais c'est différent. Elle s'appelle parfois Alissa, parfois Svetlana, ou encore Marina. C'est elle qui a fait entrer Irina dans cette boîte à fantasmes, mais Oksana ne rêve ni de l'âme sœur ni du prince charmant. Elle s'est moquée d'Irina lorsqu'elle a compris que son amie, elle, y croyait vraiment, puis elle a arrêté. Elle a assez d'ennuis comme ça, Irina. Et si l'on en juge par tous ceux qui ont correspondu avec Oksana, il y a un certain nombre d'hommes qui y croient aussi. Oksana a un physique qui les fait rêver. Enfin, rêver, façon de parler, ses photos sur le site sont dignes de ces publications qu'on trouve dans les gares, hors de portée des enfants. Elle s'en fiche, Oksana. Elle travaille le soir au bar d'un grand hôtel, en jupe et bas noirs, talons hauts, chemisier blanc et en dessous on ne sait pas. Sur Internet, elle apparaît et disparaît. Après réception des virements bancaires demandés à la future âme sœur, elle s'éclipse. Son annonce est supprimée et sa messagerie ne répond plus. Elle est comme le Phénix, elle renaît quelques jours plus tard sur un autre site, avec un autre nom, une autre ville d'origine, une nouvelle coiffure et d'autres vêtements. Assez peu de vêtements, quand même. Elle est la

Russe de carte postale, l'éternelle Natacha, image démultipliée, diffractée, reproductible et consultable à l'infini. Ni tout à fait la même ni tout à fait une autre. Ni questions ni remords, il faut prendre, c'est le meilleur moyen d'obtenir quelque chose. Tant pis pour les naïfs qui se sont aventurés là ; ils rêvaient du grand frisson slave, de quoi se plaignent-ils ? S'ils voulaient la tranquillité, il leur fallait épouser une collègue de bureau et lui faire trois enfants. Au suivant !

Quand elle a compris qu'Irina croyait réellement à toutes ces annonces, elle a essayé de lui expliquer. Mais non, Irina lui a dit qu'elle n'était pas comme ça, qu'elle ne pouvait pas. Elles étaient ensemble au collège, elles n'ont pas beaucoup changé depuis. Oksana n'a pas très bien tourné, comme on dit, mais Irina pense que ce n'est pas grave, car elle trouve qu'elle, elle n'a tourné nulle part. C'était Oksana qui la protégeait des garçons lourdingues, ou vraiment brutes, cheveux ras et mauvaises dents. Elle n'hésitait pas à leur balancer son pied dans le ventre et sa main sur la figure. Alors, quand avec Mikhaïl les choses ont déraillé, Irina a débarqué à l'aube, avec ses pleurs pour tout bagage. *Reste habiter ici le temps qu'il faudra, on s'arrangera.* Quand Irina a commencé à aller mieux, quand elle a retrouvé un travail, Oksana lui a parlé des sites de rencontres. C'est comme ça qu'Enzo est arrivé. Ou plutôt, son message. Son premier message. Et tout a commencé.

Pour le moment, Irina s'installe pour ces deux jours et ces deux nuits à bord. Le train, c'était son idée. Trop peur en avion – la seule fois qu'elle s'y est essayée, ça s'est assez mal passé. C'était il y a trois ans, pour aller voir une amie partie vivre à Rybinsk après son mariage, qui venait d'avoir son premier enfant. La peur de sa vie à l'aller, entre les trous d'air et un équipage paniqué, les hôtesses livides sanglées à leur strapontin. Au retour, ça a été toute une histoire pour lui faire accepter de reprendre l'avion. Elle s'est dit plus jamais ça, alors pour Nice, bien sûr, pas question. Elle a vu un soir à la télévision un reportage sur l'inauguration d'une nouvelle ligne ferroviaire Moscou-Nice, une liaison hebdomadaire. Quand les choses se sont précisées avec Enzo, qu'il l'a invitée pour un mois, elle lui en a parlé et il n'y a pas vu d'objection. Il lui a envoyé l'argent du passeport, du visa et du billet aller-retour en seconde classe. Il y avait aussi une classe luxe et une première classe. Vraiment cher. Trop. Elle avait l'air heureuse d'entreprendre ce voyage. À travers les mots de son anglais scolaire, Enzo avait perçu son émotion. À dire vrai, elle n'est pas complètement sûre de faire le bon choix, en partant comme ça, en laissant ses amis, en rêvant d'un ailleurs exotique, d'une Baie des Anges qu'elle a installée en fond d'écran de son téléphone portable. Mais maintenant elle y est. C'est parti.

Irina enlève sa doudoune, son bonnet, son écharpe, commence à explorer le compartiment dont elle dispose pour elle seule, car le train n'est pas complet et c'est là un luxe qui l'éblouit. Elle pose ses magazines, son baladeur, un livre sur la tablette, découvre les couvertures et l'oreiller, tout propres, emballés dans une fine housse de plastique transparent scellé. Elle inspecte le cabinet de toilette et teste les différentes intensités de la lampe de lecture, puis elle sort explorer les toilettes et le carré de douche dans le couloir. Puis elle retourne à son compartiment, et d'un coup elle a froid. Fatigue, émotion, et une sacrée trouille tout compte fait. Envie de danser aussi, de chanter, de crier, de dire à Oksana que la vie est belle, oui, belle. Elle ne sait pas vraiment ce qu'elle veut. Elle se regarde dans la glace au-dessus du lavabo, essuie le maquillage qui a coulé autour des yeux, enlève l'élastique rose qui retient ses cheveux et les brosse avec énergie, tête en bas, pour les faire gonfler. Elle rejette le buste en arrière, se dit qu'elle a une vraie crinière autour du visage, et elle se met à rire.

# III

*9 mars 1881*

Nous nous éloignons du Sud, de son bleu, de ses parfums, de ses fêtes, de tout ce qu'il me plaît d'oublier, dans une douce oscillation ferroviaire à laquelle nous nous accommodons vite. Chacun a pris ses quartiers dans le compartiment qui lui est attribué, les domestiques ont sorti nos effets de voyage et installé nos nécessaires de toilette. De l'eau est tenue bouillante dans les grands samovars communs installés dans le couloir de chaque voiture ; bientôt ce sera l'heure de nous réunir dans le wagon qui tient lieu de salon, puis nous passerons à celui qui fait office de salle à manger. Je m'aperçois qu'en fin de compte cette vie nomade me plaît, ce lieu entre deux lieux, ce déplacement rectiligne et cadencé à travers plusieurs pays, il donne la sensation que le monde nous appartient, mais je dois avouer qu'il me tarde tout de même d'arriver chez nous.

Mes parents et mes frères sont déjà installés au salon, avec ses boiseries d'acajou et ses fauteuils recouverts d'un tissu moiré rouge sombre.

Vladimir est encore au fumoir, il y a retrouvé des connaissances, car nous ne sommes pas les seuls Russes à voyager ainsi ; il y a là le prince et la princesse Simakov, le grand-duc Reviakine et le comte Dourtchenko avec leur famille. Que de vains bavardages en perspective ! Tous ces gens n'ont-ils donc jamais besoin d'un peu de solitude ?

Je vais rester dans mon compartiment. Mathilde a posé ses affaires sur sa couchette après m'avoir demandé laquelle des deux places me convenait le mieux. J'ai choisi de m'installer près de la porte coulissante qui s'ouvre sur le couloir, il me semble que je suis ainsi moins enfermée, plus libre de mes mouvements.

À l'intérieur de chacune de ces luxueuses cellules, c'est une accumulation de bois précieux, de linge moelleux, de couvertures damassées et d'oreillers immaculés. Mais si peu de place pour se mouvoir ! Je demanderai à Mathilde de demeurer dans le couloir pendant que j'occuperai le cabinet de toilette, je n'ai envie ni de me dévêtir devant elle, ni de la voir dans ses vêtements de nuit, cheveux détachés. Je sais qu'elle est belle, quel que soit le moment de la journée, quelle que soit sa tenue. Je ne tiens pas à ce que cela me soit mis sous les yeux avec tant de cruauté.

Mère me fait demander, je suis priée de rejoindre le reste de la famille. Damnation ! C'est le moment pour la correspondance, l'aquarelle, la broderie ou la musique. Il y a aussi un piano droit avec ses chandeliers de bronze, posé dans un angle du salon. Il va falloir endurer les mazurkas et autres romances que Mère affectionne, et que Mathilde joue à sa demande.

Je crois que c'est lorsqu'elle joue que je la déteste le plus. À la fois inspirée et pudique, emportée et digne, aussi étrange que ce puisse être, tout entière dans les notes, comme dans un monde dont l'entrée me demeure close. Ses arpèges et roucoulades sucrées me mettent les nerfs à vif. Je ne suis pas sensible aux sons, les tentatives d'apprentissage que Mère a exigées de moi il y a quelques années se sont révélées lamentables, je distingue à peine un *mi* d'un *sol*, un dièse d'un bémol, une croche d'une blanche, et ne m'en porte pas plus mal pour autant. Faute de don, je serais peut-être parvenue à un résultat honorable avec un peu de persévérance, mais je n'ai ni goût ni patience pour cela.

J'avoue avoir été parfois sensible à certaines mélodies, à une atmosphère, au point de me sentir submergée par une inexplicable émotion – mais de tels moments ont été rares, et je les évite autant que je peux. Rien à voir avec ces pâmoisons de dames autour d'un professeur de piano frisotté en redingote cintrée et cravate avantageuse, qui paraît dédier son jeu à chacune de ses auditrices en les regardant l'une après l'autre au fond des yeux, faisant durer à l'excès la résonance de l'ultime note d'un arpège, la main suspendue dans un geste de danseuse. Quelle comédie, quel mauvais théâtre !

Ma passion est ailleurs. Je n'aime que les chevaux. C'est un amour total, inconditionnel, qui remonte à l'enfance. Je devais avoir six ou sept ans lorsque j'ai réclamé un poney, afin d'imiter mon frère aîné, âgé de quelques années de plus, qui paradait déjà sur un hongre bai de belle allure. Rien ne me plaisait tant que de me faire conduire au manège où il s'exerçait, pour l'admirer, respirer cette odeur prenante, suffocante, de tourbe, de paille, de sciure, de crottin, de cuir et de transpiration animale. Le grand manège, avec ses lustres, et ses miroirs où à chaque passage le cavalier peut évaluer et rectifier son attitude, le cliquetis des mors et des brides, les pelages blancs de sueur, le dessin répété des sabots sur le sable, les hennissements venant des stalles et des box, les ordres criés par le maître de manège, et ce mariage insensé de puissance et de grâce, lorsque le cheval semble exécuter de lui-même, dans une illusion de liberté et d'apesanteur, l'air d'école exigé. Je voulais être celle qui ferait danser les chevaux.

J'étais une enfant silencieuse, presque mutique. Jamais je n'avais encore exprimé un souhait, un désir, je n'étais même pas capricieuse, habituée à passer de longues journées solitaires dans la nursery où Mère se gardait bien d'entrer, et dont Père ignorait l'emplacement précis dans le palais. Un silence surpris a accueilli ma demande ; j'avais consenti à un effort surhumain pour demander la parole et exprimer mon vœu. Mon père a souri, ma mère a haussé les épaules. La semaine suivante, on livra pour moi une courte veste à basques, une jupe d'amazone dite *à l'anglaise*, des bottes, un chapeau et un stick d'écuyère. Je gardai en cachette cette tenue pour dormir la première nuit, et on me conduisit au manège en même temps que Vladimir, où un poney, un gris souris nommé Pacha, devint alors mon premier et seul compagnon. Je crois être née ce jour-là.

On s'aperçut vite que je montrais des dispositions. J'ignorais la peur, la douleur physique, le froid, je supportais sans broncher les hurlements des instructeurs que ma noble condition, dans l'enceinte du manège, n'impressionnait guère ; je remontais en selle aussitôt après une chute, serrant les dents. J'aurais accepté que l'on me prive de l'ouïe, du goût ou de la parole plutôt que de montrer des larmes ou de l'appréhension devant un obstacle plus haut que moi, que l'on m'ordonnait de franchir.

Je montais chaque jour. On me fit travailler différents chevaux ou juments, j'appris au cours des mois et des années à maîtriser un animal rétif, à ne pas craindre un caractère ombrageux ou imprévisible, à deviner un tempérament vicieux, à anticiper une réaction violente et à rester en selle quoi qu'il arrive, ou presque. Les séances de dressage et l'apprentissage des figures de basse puis de haute école alternaient avec les heures de saut d'obstacle en carrière ou dans les bois alentour. J'appris à exiger sans contraindre, à acquérir légèreté et précision, et à faire face à n'importe quelle situation. Je crois pouvoir dire que je devins vite une cavalière accomplie. Tout le temps passé hors de la fréquentation des chevaux me semblait inutile, perdu, absolument vain. Ma seule crainte était qu'on limite, ou m'interdise un jour l'accès à l'école d'équitation. Je n'avais aucune autre raison de vivre. Je m'appliquais aux leçons des précepteurs, non par passion de l'étude, mais par crainte de résultats médiocres. Ils auraient, trop facilement, offert un prétexte à la seule punition qui puisse m'atteindre.

La belle saison donne lieu chez nous à de nombreuses réjouissances équestres. Ce sont des distractions mondaines prisées, où cadets, officiers et membres de la bonne société rivalisent de témérité, prenant les risques les plus incroyables pour pouvoir offrir le bouquet du vainqueur à l'élue de leur cœur et ranger la coupe parmi leurs trophées. Il n'est pas rare qu'un drame se produise et que l'on doive abattre sur-le-champ un cheval blessé ou emporter un cavalier sur une civière. Il ne faut pas penser à cela, mais seulement à la fête, à l'orchestre qui joue, aux tribunes fleuries, aux tentes dressées pour la réception, à l'excitation des montures, à la hardiesse des cavaliers, à la beauté des équipages. Certaines épreuves sont réservées aux jeunes cavaliers, les instructeurs y font valoir l'excellence de leur enseignement, et les familles s'enorgueillissent de l'intrépidité de leurs descendants. Bien sûr, j'ai demandé, dès l'âge de dix ou onze ans, à participer à ces courses ou ces concours. C'était là le seul souhait que je formulais depuis des années. Mère vint vérifier elle-même au manège que ma tenue n'avait rien d'indécent, elle fit remplacer mon tablier à l'anglaise, laissant apparaître la cheville gauche posée sur l'étrier, par une jupe *à la française*, plus longue et plus seyante, et haussa les épaules, une fois encore. Je pris donc régulièrement le départ lors de tels événements, et me classais très honorablement la plupart du temps. Je ne demandais rien d'autre à la vie.

Il y a deux ans, j'ai vécu une bouleversante révélation. Un célèbre cirque équestre français est venu se produire à Saint-Pétersbourg. La tête d'affiche en était Anna Fillis, la fille du grand écuyer d'origine anglaise James Fillis, le seul qui ait réussi, à ce jour, à faire galoper un cheval en arrière, et aussi sur trois jambes. Anna Fillis est née à cheval, bien sûr, elle est aujourd'hui l'une des plus talentueuses artistes équestres que le monde ait connues. J'ai eu le privilège de la voir se produire sur la piste ronde de treize mètres de diamètre. Un spectacle étourdissant. Voltige, haute école, avec les habituelles figures de piaffer, de passage, avec du pas espagnol, des courbettes, des croupades, des cabrioles. Il fallait la voir, allongée sur le dos d'un cheval cabré, se tenant seulement par les jambes glissées dans les fourches de sa selle d'amazone, bras jetés en arrière, aussi souriante et détendue que si elle se trouvait sur le plus moelleux des sofas. Si la grâce équestre existe, il est certain qu'elle porte son nom. Il fallait aussi voir le public, emporté par l'enthousiasme, trépignant au risque de faire s'écrouler les tribunes, et les bouquets de fleurs lancés sur la piste, sa silhouette fine serrée dans un costume de princesse d'Orient en satin clair, ses longs cheveux roux dépassant d'une sorte de turban agrémenté d'une fragile aigrette posée en son milieu.

J'étais fascinée. Comment une femme pouvait-elle vivre une telle vie ? Elle rencontrait le même succès dans toutes les capitales européennes avec Gant, son étalon bai. Voyages, villes inconnues, public en adoration, costumes fastueux, et la rigueur de l'exercice quotidien pour arriver à présenter de telles prouesses avec autant d'aisance. Comme j'ai été troublée de voir que nous portions le même prénom, dans une gémellité lointaine et ignorée d'elle, mais combien précieuse pour moi ! Je découvrais que c'était l'existence dont je rêvais. À l'issue du spectacle, j'allai la saluer dans sa loge jouxtant les écuries ; elle y recevait dans un impressionnant amoncellement de costumes, de bottes, de fleurs. Elle s'est inclinée dans une profonde révérence lorsqu'on lui a indiqué mon titre et mon nom, c'est la seule fois où j'ai eu honte que l'on se courbe devant moi. J'ai balbutié quelques mots pour lui dire mon émotion devant tant de talent, puis des admirateurs bruyants ont envahi sa loge et l'ont soulevée pour la porter en triomphe. Son rire s'est perdu au loin. Je suis rentrée dans un indescriptible état d'excitation, m'efforçant de n'en rien laisser paraître.

De ce jour, je sais avoir découvert ma vocation et je fais ici le serment de m'en montrer digne : je veux créer un cours de haute école équestre. Les jeunes gens désireux d'apprendre autre chose que passer des haies et des rivières en hurlant et cravachant leur monture pourraient m'y rejoindre. Je rêve d'un lieu où l'art de la légèreté prendrait le pas sur la force et la contrainte. Je sais qu'une jeune aristocrate ne peut vivre saltimbanque, je dois m'y résigner, mais si le choix m'en était donné, je sais que j'abandonnerais tout le faste de nos palais pour vivre la vie d'Anna Fillis.

*Comme vous êtes radieuse, Anna Alexandrovna, tellement radieuse !* Dussé-je vivre cent ans, je me souviendrais de ces mots de Dimitri. C'était l'été

34

dernier, je venais de remporter la coupe lors d'un prestigieux concours hippique, je portais ce jour-là une tenue d'amazone en drap bleu nuit avec des parements de velours, une cravate souple fixée par une épingle en or et un chapeau entouré d'un long foulard de mousseline blanche tombant sur une épaule. Dimitri Sokolov est un cadet du tsar, et l'un des meilleurs amis de mon frère Vladimir. Il était venu me complimenter de mon succès et ces mots lui sont venus spontanément aux lèvres. J'avais quinze ans, c'était la première et l'unique fois qu'un compliment à mon endroit sortait de la bouche d'un garçon, et que l'on me regardait de la sorte. Aussi ai-je décidé de l'épouser.

Enfin, le dîner de ce premier soir de voyage se termine. Asperges, consommé, vol-au-vent, crème anglaise. Le roulis du train ne semble pas réduire les appétits. Les hommes viennent de s'éclipser au wagon fumoir, les femmes ont rejoint le salon où du thé leur est servi ; elles commentent la saison niçoise qui se poursuit encore quelques semaines sans elles, et tâchent de s'en consoler. Quand la conversation vient à faiblir, Mathilde leur fait la lecture d'un roman français, d'un auteur nommé Alexandre Dumas. Le livre s'intitule *Le Comte de Monte-Cristo*, ou quelque chose d'approchant, une terrible histoire de vengeance, ai-je cru comprendre. Pas envie de cette lecture. Je vais regagner mon compartiment, même s'il est étouffant. Je veux être seule. Penser à Dimitri. *Comme vous êtes radieuse, Anna Alexandrovna, tellement radieuse !*

La gaieté dans son regard lorsqu'il a croisé le mien.

La nuit est maintenant assez avancée pour que je fasse cet aveu, alors que seul le bruit de la locomotive peut faire écho à mes propos. Depuis de nombreuses années je vis avec cette évidence qui ne me laisse pas un instant de répit, comme une plaie sur laquelle on jetterait chaque matin une poignée de sel. Je suis laide. Absolument laide. Irrémédiablement laide. Non, ni monstrueuse, ni difforme, ni contrefaite. Laide. De cette laideur qui crée la gêne chez quiconque me regarde, puis ne trouve rien à dire et cherche à abréger la rencontre. Je ne sais de qui je tiens un visage et un corps aussi disgracieux. Je pourrais être menue, presque invisible, comme un chiot que l'on tient dans un manchon, ou que l'on distingue à peine dans les coussins d'un canapé. Ce n'est pas le cas, je suis grande et forte, et dépasse d'une tête la plupart des femmes. J'ai les épaules larges, les hanches larges, les bras et les jambes musclés par l'exercice quotidien. Cela resterait encore acceptable si mon visage offrait un relatif agrément, mais j'ai le teint bistre, des yeux bridés à la façon des Mongols, des lèvres minces, fermées sur des dents de souris, et aussi ce que l'on nomme ironiquement grains de beauté. L'un posé au milieu du front et l'autre sur le menton, si bien que l'on pourrait tirer une ligne entre ces points, pour s'apercevoir que les deux parties de mon visage, de chaque côté de cette médiane, sont loin de répondre aux lois de la symétrie.

J'ai compris que c'est un drame pour une femme, condamnée à plaire, à séduire afin d'emporter un prétendant convoité par d'autres, mais c'est surtout une blessure de chaque instant lue dans le regard de tous, dans l'accablement de ma mère, qui ne prend pas la peine de feindre, et cette expression de pitié que je perçois parfois dans les yeux de mon père.

Je devrais me consoler en pensant que les titres et la fortune de mes parents finiront par attirer quelque garçon aussi désargenté que bien élevé, prêt à supporter un être hideux auprès de lui pour s'assurer de confortables revenus, mais j'ai décidé de refuser cette humiliation. Seul Dimitri m'intéresse.

Comment regarder le monde avec bienveillance, avec joie et gratitude, lorsqu'on sait que toute personne qui vous voit pour la première fois ne peut dissimuler un mouvement de surprise ou de recul ?

# IV

*Bonsoir, je passais voir si vous étiez bien installée. Vous n'avez besoin de rien ?* Sergu
ï a frappé discrètement à la porte du compartiment d'Irina peu après le départ. Sergueï est le chef de bord de ce train, seul maître après Dieu, en quelque sorte. *Tout va bien ? N'hésitez pas.* Irina répond que oui, tout va bien, le compartiment est très agréable, magnifique, quel plaisir de voyager dans ces conditions.

Sergueï regarde les bottes abandonnées à terre, la doudoune étalée sur le siège, le sac en nylon brillant ouvert avec les écouteurs d'un baladeur qui dépassent, les magazines et des feuilles de papier pliées en deux. D'ordinaire, il ne consacre pas beaucoup de temps aux voyageurs de seconde classe, il y a assez de personnel à bord pour ça. C'est à la classe luxe et aux premières qu'il réserve toute son attention. Des voyageurs qui paient très cher pour un voyage inoubliable, avec restaurant gastronomique, bar, musiciens, douches privatives et grand lit double. Il faut veiller sur tout et tout le monde. Que tout soit irréprochable. Il faut veiller aux humeurs du cuisinier, aux musiciens qui descendent la vodka comme de l'eau minérale dès les premières heures de la matinée, à la propreté des uniformes, aux réclamations en tous genres, l'eau chaude pas assez chaude, l'eau froide trop froide, le thé qui n'arrive pas assez vite, veiller au planning des femmes de ménage, aux provodnitsas qui épient discrètement les voyageurs. C'est d'un hôtel-restaurant roulant dont il s'occupe, avec des clients embarqués pour deux nuits et deux longues journées. Les jeunes femmes qui voyagent seules, Sergueï s'en méfie. Il a déjà eu quelques problèmes. Pas question de transformer son train en bordel. Ni putains ni coke ni trafics. Du moins, pas trop. Sergueï est chef de bord depuis presque un an, on lui a confié ce poste six mois après l'ouverture de la ligne. Belle promotion pour un ancien contrôleur de la ligne Moscou-Ekaterinbourg. Train de nuit. L'eau gelée dans les toilettes bouchées, les lavabos ébréchés, crasseux, la puanteur sueur-alcool-pieds-vomi, les comas éthyliques, la baston et les couteaux, il connaît. Nice, c'est mieux. Beaucoup mieux. Donc pas question que ça dérape. Il a travaillé dur pour ça. Disponible, volontaire, bien noté. Gravi tous les échelons de la RZD, les chemins de fer russes. Sergueï, c'est une main de fer dans un gant de fer, et un sourire posé au-dessus, pour les voyageurs. Attentif, efficace, jamais fatigué même s'il doit se contenter de quelques heures de sommeil haché prises quand il peut. Le monde réglé par Sergueï part de Moscou le jeudi à dix-sept heures vingt et une et s'arrête le samedi à dix-huit heures quarante-quatre à la gare Thiers. Pour le retour, son univers quitte Nice le dimanche à dix-neuf heures quarante-trois et arrive à Moscou le mardi à minuit. Avant, après, cela n'a pas d'importance.

Quand il a pris la responsabilité de la ligne, des indélicatesses, comme on dit pudiquement, avaient été constatées. Des plaintes de voyageurs enregistrées. *Pas question que ça continue comme ça*, avait déclaré la direction. *La vitrine des relations franco-russes doit être irréprochable, et la SNCF s'est émue de plusieurs incidents. Débrouillez-vous. Faites le ménage.* Il n'allait pas laisser passer cette chance. Alors, il a fait le ménage. Il a observé, traqué, épié. Il a trouvé. Il y a eu du changement dans les équipes, des départs, des arrivées. Sergueï a l'œil à tout. Du bas filé d'une provodnitsa au compartiment nettoyé à la va-vite, à l'alcool et aux cigarettes passés en contrebande, et plus ennuyeux encore. Repérer les voyageurs à problèmes, il sait faire. Le flair, comme ça... Bref, les jeunes femmes seules, il s'en méfie, surtout si elles sont un peu trop jolies. Il gagne bien sa vie, maintenant, et il sait qu'en cas de problème, il perdrait son poste. L'argent qu'il gagne, il en envoie une partie à sa mère, chez qui il dort lorsqu'il est à Moscou ; le reste, il économise. On ne sait jamais.

Il n'est pas là pour être aimé du personnel, il faut que ça tourne rond, c'est tout. Alors la voyageuse de seconde classe, il est allé voir à quoi elle ressemblait, par principe. Qu'elle aille tenter sa chance dans les boîtes ou sur les trottoirs de Nice, ce n'est pas son problème, mais il ne veut pas d'histoires dans son train.

Il est rassuré. Il va même jusqu'à lui expliquer le fonctionnement des stores électriques. Il lui rappelle les heures du service pour le dîner et lui conseille de consulter la carte affichée sous verre sur l'une des parois. Elle dit que non, merci, elle n'a pas très faim. Elle préfère rester là ce soir. Demain, peut-être.

On entend soudain jouer un accordéon. Puis une voix se met à chanter. Irina s'étonne. *Oui, il y a un orchestre à bord, c'est plus gai tout de même, vous devriez venir dîner.* Et il aperçoit le sac de sandwichs qui dépasse sous la doudoune, alors il n'insiste pas. Encore une fauchée qui a cassé sa tirelire pour aller vivre la grande vie, ou à qui des gens pas forcément bien intentionnés ont promis un toit et du travail sur la Côte d'Azur. Quand elle verra le genre de travail... Il voudrait le lui dire. Oh, et puis ça ne le regarde pas, alors il se tait. – *Bonne soirée, mademoiselle.* – *Merci, moi c'est Irina.*

Il s'en fiche de son nom, il répond mécaniquement *Sergueï Menchikov, chef de bord*, et il la laisse avec ses sandwichs, ses bottes fourrées et son sac en nylon. Il est temps de remonter tous les wagons pour accueillir les premiers clients de la soirée. Musique, vodka et bonne humeur. Parvenu au milieu du train, il s'aperçoit qu'il a oublié sa casquette sur la tablette du compartiment d'Irina, lorsqu'il lui a montré le fonctionnement du store. Il faudra penser à la récupérer. En attendant ça le met de mauvaise humeur, et il y a encore un arrêt avant le service du dîner. Veiller à ce que tous ceux qui sont descendus prendre l'air remontent avant le signal du départ. Pas question de se mettre en retard, le train a déjà gagné deux heures sur la durée initiale du voyage, lorsque la ligne a été mise en fonctionnement, il y a deux ans. Du retard, ce sont des primes en moins. Et ça, Sergueï, ça ne le fait pas rire.

Irina est loin de ce genre de préoccupations. La musique, oui, ça l'aurait tentée, et puis manger quelque chose de chaud. Elle pourra toujours se faire un thé avec le samovar mis à disposition dans le couloir, mais ce n'est pas pareil. Elle était loin de penser que les repas seraient aussi chers, et elle n'avait pas réalisé qu'ils n'étaient pas compris dans le prix du voyage. Une fois de plus, elle s'en est remise à la prévoyance d'Oksana. Sauf qu'en deux jours, il faudrait bien qu'elle mange autre chose qu'un sandwich. Elle va arriver à Nice complètement à sec. La voilà qui se met à pleurer. Pas à rire et à pleurer. À pleurer seulement, sans reprendre son souffle, sans s'arrêter, sans se soucier de son reste de maquillage, sans se moucher. C'est à ce moment-là que Sergueï frappe à la porte de son compartiment, elle ouvre et il la voit comme ça, barbouillée, en chaussettes, en larmes. Elle s'excuse et il s'excuse, elle cherche des mouchoirs en papier, mais il est plus rapide qu'elle et lui tend le paquet qu'il avait dans sa poche. *Ça ne va pas, mademoiselle ?* Il commence à être ennuyé. Sa terreur, un voyageur malade, un malaise, ou pire. Il ne sait pas quoi lui dire, il récupère sa casquette et il prend congé – il n'aime pas laisser à son second le soin d'accueillir les invités. Il voudrait la voir sourire, partir rassuré. *Le mal du pays, déjà ?* Il tente de plaisanter. Elle s'est reprise. – *Ce n'est rien. Un coup de cafard comme ça, avec cette musique. Ça va aller, merci. Désolée.*

*– Vous êtes sûre ? Je dois vous laisser. Essayez de dormir. Vous avez vu que vous avez une couverture supplémentaire sous la banquette ? À demain.*

Par la vitre de son compartiment, Irina regarde les voyageurs remonter vers le wagon-restaurant, comme les saumons remontent le courant. Ça la distrait un moment, le défilé des couples français se tenant par la main, des jeunes en jeans et chemises à carreaux et des retraités en vestes polaires zippées, lunettes demi-lunes accrochées au bout d'un cordon, des vieilles dames russes en robes fleuries qui voyagent ensemble et parlent fort, des couples russes habillés comme pour une soirée au Bolchoï, strass et talons aiguilles, cravates, boutons de manchette et vestes sombres. L'une des silhouettes en jeans lui rappelle Mikhaïl. Elle sursaute, sent son cœur accélérer, ses mains tremblent. Le jeune homme se retourne pour attendre sa compagne. Non, rien à voir avec Mikhaïl. Irina tremble encore. Elle descend le store le long de la porte vitrée et les larmes reviennent, alors elle ressort les feuilles pliées en deux de son sac en nylon pour relire quelques-uns des e-mails d'Enzo qu'elle a imprimés. Il est presque minuit. Le train vient d'arriver à Smolensk. Elle sort son téléphone portable et envoie un message à Enzo. Elle lui dit qu'elle est en route et qu'elle s'impatiente déjà de l'arrivée. Le temps lui paraît infini, les distances infinies, elle respire et son souffle épouse ce temps, ces distances infinies.

Dehors, juste au-dessus du wagon, dansent de légères étincelles bleues, produites par le frottement du réseau de câbles et d'antennes avec les caténaires, des étincelles comme de frêles incisions dans la masse compacte du ciel, qui éclairent des congères boueuses repoussées le long des voies, avec leurs formes arrondies, massives, tels des mammouths ou des dinosaures endormis, posés là dans l'attente d'un hypothétique réveil.

Le train poursuit son avancée dans la nuit, comme s'il ouvrait la terre droit devant lui, rejetant les ténèbres de part et d'autre de la voie. La nuit est noire, d'un noir dense, serré, d'où toute trace de gris a disparu.

De loin en loin, le halo clair tracé par les lumières d'une ville devinée, comme un témoignage de vie, ou la possible existence d'une galaxie proche, quelque part dans des espaces interstellaires, et l'idée que les hommes n'ont pas renoncé à exister là, pas encore. Cela dure quelques secondes, puis la nuit reprend possession des espaces brièvement concédés. Le train continue sa course, sans arrêt, avec de simples ralentissements dans des gares inconnues, avec leurs panneaux illisibles, leurs quais grisouilles et leurs réverbères transis.

Irina reste à la fenêtre, elle a éteint les lumières de son compartiment, d'une main elle écarte le rideau plissé en tissu rêche et le retient à hauteur de son front. De l'autre main, elle essuie d'un geste circulaire les gouttes de condensation qui se sont formées sur la vitre, sans prendre garde à leur froideur tranchante. À travers l'espace dessiné, elle fixe la nuit.

Un peu plus tard, sous l'éclairage de la liseuse, sous les couvertures amoncelées, calée contre tous les oreillers qu'elle a trouvés, elle s'immerge dans les mots de son presque fiancé, dans l'un des messages en anglais qu'il lui envoie presque quotidiennement. *Ma tellement chère, je compte les jours qui nous séparent de ton arrivée. Qu'il est doux de penser que nos cœurs battent à l'unisson et que nos âmes sont déjà si proches. Je pense parfois qu'il doit être difficile pour toi de laisser ton pays, ta langue, ta famille et tes amis. Sache que je ferai tout ce que je peux pour adoucir ta nostalgie et t'offrir le bonheur que tu mérites. Je suis heureux comme un enfant, il me semble pouvoir enfin donner à ma vie le sens que je lui cherchais. Ma si tendre Irina, tu n'imagines pas mon impatience à te faire découvrir et aimer les êtres et les lieux qui me sont chers, et à dessiner ensemble le visage de notre vie future. Mon cœur, je t'embrasse et te souhaite une belle nuit.*
Et Irina s'endort, les feuilles à la main, bercée par le train, par les mots, par la fatigue et par tous ses espoirs.

Elle ne tarde pas à se réveiller, lorsqu'à chaque arrêt le balancement du train s'interrompt. Décélération, arrêt. Puis la légère secousse du départ. À nouveau, elle attend le sommeil. Couchée sur le côté, vers le couloir, car se trouver le nez contre la cloison l'oppresse, et elle n'aime pas s'endormir sur le dos, à plat, comme les morts ; ce sont des images d'enfance qui reviennent, des grands-parents, des oncles, des tantes, raidis dans un sommeil de cire, qu'il lui a fallu saluer une dernière fois, en comprenant sans comprendre, sans oser questionner les adultes.

Elle préfère s'endormir dans la pleine conscience de l'éveil, des mouvements qui s'éloignent et des bruits qui s'assourdissent et l'emportent peu à peu. Au milieu de la nuit, alors qu'elle a franchi toutes les strates du sommeil, que son corps s'est abandonné, elle s'écrase sur le ventre, les avant-bras glissés sous l'oreiller, comme si une tige de métal la vissait au plancher et l'immobilisait dans une douce mais impérieuse récupération nocturne.

Bien sûr, ce n'est ici qu'un repos cahoteux, fragmenté, ce sont des miettes, des brisures de nuit, qu'elle attrape comme elle peut, jusqu'à ce qu'un bruit, une lumière, un train passant fracas en sens inverse l'arrachent à cette permission d'absence.

C'est un espace où elle ne demeure pas seule, nombre de silhouettes viennent s'y faufiler, visages, lieux, souvenirs, comme amplifiés par des miroirs déformants de fête foraine, et ce soupir de soulagement incrédule lorsqu'elle réalise que ce n'était que des rêves, faits d'un bric-à-brac d'instants, agrégat de souvenirs incertains, concrétion de sensations imprécises et vaguement douloureuses. Une sorte de kaléidoscope coloré et mouvant, dans lequel une nouvelle rosace se forme à la plus infime rotation du tube métallique.

Des images se bousculent en désordre, des images très anciennes, sans date, comme celle de cette jeune femme croisée un soir en revenant de l'école, long manteau en fourrure dansant léger autour des hanches, jolie chapka et anneaux d'or aux oreilles. Ce souvenir confus de s'être dit, engoncée dans sa parka grise, *un jour je serai comme elle.* Et puis des images récentes, comme la dernière visite à sa mère, à quelques jours de son départ.

Elle était arrivée tôt, trop tôt, sa mère n'était pas encore rentrée. Plutôt que de l'attendre à l'intérieur en entrant avec sa propre clé, de se trouver seule dans ce logement étroit où elle doutait parfois avoir passé tant d'années, elle était allée faire le tour du quartier, comme ça, sans but, avec l'idée vague de rapporter à sa mère le thé qu'elle aimait, du moins celui qu'elle achetait quelques années plus tôt.

L'épicerie avait fermé, rideau grillagé tendu devant des vitres brisées, le café aussi, remplacé par un snack éclairé au néon violet, le coiffeur également, là où pour la première fois on lui avait fait un vrai shampoing de vraie cliente, dans un bac en plastique noir fendu, une serviette râpeuse sur les épaules et un peignoir douteux en nylon blanc ceinturé autour du corps. Elle entendait encore le claquement argenté, nerveux, des ciseaux autour de son visage, et revoyait les mèches d'enfant tombant sans bruit sur le carrelage. Le coiffeur avait cédé la place à une boutique de téléphonie mobile à la vitrine étroite équipée de barreaux. Rien ne ressemblait plus à rien. Mis à part le nom des rues, avec toute la géographie primitive qu'ils recelaient, mis à part le fait qu'elle s'orientait encore ici les yeux fermés, qu'elle savait combien de pas séparaient le 72 de la rue Povarskaïa de l'angle du boulevard Ostojenka, preuve irréfutable que ces lieux lui avaient été un jour familiers, Irina dut admettre combien elle était ici désormais étrangère.

La confrontation entre les images figées de sa mémoire, les souvenirs, les sons, les gestes, les mots qui s'y rapportaient, et cette démonstration brutale de la vie qui avance et n'attend personne lui fut pénible. Elle pressa l'allure pour retrouver sa mère, ne put s'empêcher de compter le nombre de pas entre le minuscule portail grinçant et la porte d'entrée. Six et demi. Ça n'avait pas changé. Et elle sourit à sa mère comme elle ne lui avait pas souri depuis longtemps. En face de cette femme maussade aux cheveux maladroitement teints, épuisée par un interminable trajet en bus, elle se dit que non, finalement, rien n'avait vraiment changé.

# V

*10 mars 1881*

Étrange sensation, celle de se réveiller le matin, quelque part, sans savoir où. Un curieux flottement, mon corps semble détaché de ses repères, de ses habitudes, de ses gestes. Comme une vie nouvelle qui commencerait, et soudain une pensée, un détail, un objet sur lequel le regard vient de se poser, me font comprendre que non, tout est identique, on reprend sa vie habituelle à la façon dont on saisit un vêtement abandonné la veille sur une chaise.

J'ai eu du mal à m'endormir, je ne suis pas accoutumée à partager ma chambre, ni à demeurer dans un espace aussi exigu. La présence de Mathilde me gêne, la proximité d'un corps, le souffle de sa respiration, amplifié par le silence, tout cela m'est inhabituel et déplaisant. Cette intimité, cette proximité obligée m'étouffe, chaque geste, chaque mouvement prend des proportions effrayantes. Je crois qu'à chercher le sommeil à tout prix, je le fais fuir. Si je repousse une couverture, j'ai froid quelques minutes après ; dès que je l'ai reprise, je suffoque.

La nuit, les pensées vont et viennent, tout semble plus sombre, plus grave, alors que la lumière du jour fait paraître dérisoires la plupart de nos interrogations nocturnes.

La nuit fait resurgir des pensées oubliées, des idées que les activités du jour mettent à distance, auxquelles le cours des heures ne laisse pas le temps de s'installer. Je ne sais pas pourquoi cette fois, dans ces heures sans sommeil, vient à moi le visage crispé de mon frère Vladimir, tel qu'il m'est apparu hier au moment du départ. Vladimir est mon aîné de sept ans, et je ne puis dire que nous sommes particulièrement liés. Il est le fils, en tant que tel il a justifié tous les égards que chacun lui porte depuis la naissance. C'est de Mère qu'il est le plus proche. Bien qu'il ait embrassé très tôt la carrière militaire en entrant à l'école des cadets, je sens parfois une distance tendue entre Père et lui, une difficulté à maintenir une conversation, à donner son avis si on le sollicite. Il se réfugie dans la raideur militaire et la déférence que tout enfant doit à ses parents. Je me suis souvent demandé comment expliquer cette gêne que je perçois entre eux, et cette répugnance de Vladimir à se retrouver seul avec Père.

J'ai été témoin, il y a peu, de propos de Père qui semblent avoir mis Vladimir au comble du malaise. Je ne faisais que passer dans le fumoir où je n'entre en principe jamais, mais je cherchais un livre égaré et croyais pouvoir le trouver là. Je ne suis pas certaine qu'ils m'aient vue, car les paroles de mon père n'auraient pas été telles, dans ce cas. J'avoue qu'elles m'ont embarrassée.

J'entends encore la voix de Père. *Vous êtes un cadet bien discret, Vladimir Alexandrovitch. Lorsque j'avais votre âge, le nom d'Oulianov était connu dans tous les endroits où l'on savait s'amuser. Femmes, vodka, musique, tables de jeu ! J'en tirais une vraie gloire. Rien de tel en ce qui vous concerne. Auriez-vous préféré vous faire moine ? C'est aujourd'hui que la vie vous appartient, que les femmes se battront pour devenir vos maîtresses. Je sais que le rôle d'un père est d'ordinaire d'inciter ses enfants à la modération, mais j'avoue que votre excessive tempérance m'inquiète, Vladimir. Allons, accompagnez-moi un jour prochain dans un de ces lieux où l'on s'amuse, et montrez-vous mon digne fils. Qu'en dites-vous ?*

Je revois Vladimir, de dos, plus raide que jamais. *Père, votre proposition m'honore mais je ne puis y donner suite. M'autorisez-vous à me retirer ?* Il s'est incliné et a quitté la pièce. Dès que Père a tourné le regard, je me suis glissée hors du fumoir.

C'est à Nice que j'ai deviné ce qui se passait avec Vladimir. Oh non, il n'est pas moine ! Quant aux lieux où l'on s'amuse, il n'est pas en reste pour les fréquenter.

Ce serait un drame pour Père de l'apprendre, et pour Vladimir, la ruine de sa carrière militaire, la ruine, oui, et le déshonneur. Vladimir est amoureux. Il est amoureux de cet Armand aux yeux de loup, aux manières fuyantes et aux gestes noyés dans ses poignets en dentelle. Comment l'imaginer ? J'ai surpris un jour des choses entre eux, alors qu'ils se croyaient seuls dans un des salons, une de ces attitudes que je croyais réservées aux hommes vis-à-vis des femmes. Ils se sont parlé d'un ton vif, il y avait un désaccord, une dispute, je ne sais à quel sujet. Vladimir semblait contrarié, il reprochait quelque chose à Armand, je ne pouvais entendre. Puis Armand s'est approché de lui et... Oh, Seigneur, je ne peux pas dire cela !

Le jour paraît. Nous nous dirigeons maintenant vers l'est. Paris est derrière nous, nous allons bientôt rencontrer le froid, les vestiges de l'hiver et les arbres à peine en bourgeons. À travers les troncs, je vois le soleil montant, telle une boule incandescente glissant au ras du sol, que nous poursuivons, à moins que ce ne soit l'inverse ; les rails semblent parallèles à sa course, mais cela ne dure pas. Le train s'éloigne, le soleil disparaît et les troncs au bord de la voie, privés de feu, retrouvent leur gris de fer.

Je ne sais pas si Mère est au courant des penchants de Vladimir, ils sont si proches, j'ai toujours l'impression de les déranger lorsque j'entre dans une pièce où ils se trouvent en conversation. Non, je ne crois pas, ce n'est pas possible. Mais comment savoir, après tout ? Comment préjuger des confidences qu'ils peuvent se faire ? Il est vrai que dans ses plus jeunes années, autant que je puisse m'en souvenir, Mère le protégeait de la brusquerie de Père, qui jugeait son éducation émolliente pour un garçon ; je me souviens aussi des larmes retenues à grand-peine lorsqu'il est parti pour le pensionnat militaire. À cette époque, Mère a passé de longues journées sans voir personne, elle a renvoyé tous ses visiteurs et s'est fait dire souffrante. Elle semblait revivre dès que Vladimir revenait chez nous pour les vacances. Son retour prenait une allure de fête, Mère faisait préparer ses plats préférés, convoquait le tailleur pour lui faire confectionner de nouveaux vêtements civils, plus à sa taille, plus à la mode. Le plus souvent, il arrivait avec des amis, conviés à venir passer quelques semaines à la campagne.

C'est ainsi qu'un jour Dimitri est apparu. J'imagine que Vladimir devait faire des efforts considérables pour se montrer comme ses camarades, gai, arrogant et nonchalant à la fois, fataliste et indifférent, et ne rien laisser deviner de ses tourments intimes. S'ils venaient à être connus, la honte, l'opprobre, le rejet de tous l'attendraient. Ce doit être une souffrance terrible de ne pouvoir se montrer tel qu'on est vraiment, et de ne pouvoir vivre à sa guise, même si ce choix me heurte. Nous ne sommes pas assez proches pour en parler ensemble, nos relations sont courtoises, mais jamais je n'ai senti chez lui une affection semblable à celle que je lui porte. Je sais que sa tunique blanche de cadet est une armure, une carapace qui l'oblige à se tenir, et qu'à l'intérieur se cache un profond désarroi.

À Nice, il vit plus librement, personne ne lui demande de comptes, il sort et nul ne sait où, il suffit qu'il se montre à certaines réceptions et fasse valser quelques cavalières pour que les apparences soient sauves. Père a-t-il des soupçons ? Que voulait-il dire à Vladimir lorsque je les ai entendus ?

Je m'aperçois que je continue à dire « Père », même si ce mot me déchire le cœur désormais. La semaine précédant notre départ, Mère est venue le trouver dans son bureau après dîner. Dois-je croire que je me trouve toujours au mauvais moment dans des lieux où je ne devrais pas être ? Cela est dû au fait que l'on porte peu d'attention à ma présence, simplement parce que je n'intéresse personne, d'ailleurs ma conversation est aussi pitoyable que mon physique, je n'ai pas de talent pour les mots qui jaillissent, volent comme des papillons, des bulles de savon ou des feuilles dans le vent, éblouissant l'auditoire.

Je suis lente, je ne sais pas saisir ces échanges au vol, attraper un mot, le relancer, le renvoyer plus haut encore. Je ne sais pas briller. Sentir les regards sur moi s'apparente à un véritable chemin de croix. Je ne sais que rougir, baisser les yeux, les mots s'étranglent dans ma gorge, ils parviennent en désordre à mes lèvres et lassent l'interlocuteur le mieux disposé. Aussi ne prend-on pas la peine de savoir où je me trouve, ni de se demander ce que je peux voir ou entendre, à croire que la couleur de mes robes épouse celle des murs.

C'est seulement à cheval que je me sens heureuse, légère, presque belle et, de loin, peut-être désirable. En selle, ma vie connaît l'agrément, la joie dont ma position, à pied, est totalement dénuée. J'ai alors le sentiment d'échapper à la pesanteur terrestre, tout comme au regard embarrassé d'autrui.

Auprès des cavaliers qui fréquentent le même manège et les mêmes terrains de concours, j'ai fini par m'imposer. Ils me considèrent comme l'un des leurs, demandent parfois mon avis quant à l'exécution d'une figure de dressage, ou sur la manière de solliciter au mieux leur monture. Ma force est de ne pas connaître la peur, et de penser qu'il doit toujours être possible, avec un peu de patience, de parvenir à établir un contact avec une créature de Dieu. Je ne crains pas d'abîmer mon visage dans une chute, la Nature s'en est déjà chargée, et j'ai un corps solide, endurant. Si je viens à me rompre le dos, du moins aurai-je vécu en selle les plus belles heures de ma vie.

Mais j'évoquais cette autre conversation surprise, il y a peu, entre Père et Mère. Je passais devant la porte fermée du bureau de Père, lorsque des éclats de voix m'ont arrêtée, et j'ai fait ce qu'il ne faut pas : j'ai collé mon oreille à la porte, le corridor étant assez sombre pour que ma présence y soit insoupçonnable. Je compris que Mère était venue supplier Père de montrer un peu plus de discrétion dans la conduite de sa vie en dehors de notre maison. Sa liaison avec Svetlana Verevkine, danseuse étoile du Théâtre impérial, est connue de tout Saint-Pétersbourg. Plusieurs de ses amies ont même esquissé devant elle des allusions humiliantes, derrière les sourires contrits et les faux apitoiements. Non, Mère ne demandait pas qu'il renonce à cette relation, autant essayer de vider la mer à mains nues, mais simplement qu'il y jette un voile de pudeur, par égard pour leur rang.

J'entendis alors mon père rugir, hors de lui, comme cela lui arrivait parfois. *Je vous trouve odieusement téméraire, Maria Petrovna, d'oser formuler une telle requête, sans craindre d'être foudroyée de honte sur-le-champ. Non seulement votre demande n'est dictée que par votre orgueil,* et non par vos sentiments à mon égard, dont je mesure combien ils sont réduits à peu de chose, mais vous semblez surtout oublier une certaine époque de votre vie, sur laquelle j'ai eu la bonté de fermer les yeux, et que vous m'obligez à rappeler. Puisque vous semblez décidée à parler des choses telles qu'elles sont, laissez-moi vous rappeler votre coupable faiblesse pour cet officier cosaque qui fréquenta naguère notre demeure, avant d'avoir la pudeur de ne plus oser y paraître. Vous rappellerais-je que cet épisode honteux de votre vie eut pour résultat de donner naissance à cette enfant disgraciée, que vous traitez avec un mépris et une froideur qui me glacent ?

Il y eut un instant de silence, puis j'entendis mon père poursuivre.

Sans doute ne voyez-vous en elle que le terrible miroir dans lequel vous revivez votre faute à chaque instant, et que vous ne pouvez supporter ? Cette enfant est mienne depuis qu'elle a vu le jour. Vous ai-je contrainte à disparaître à la campagne dès les premiers signes de votre grossesse, et à confier l'enfant à un orphelinat à sa naissance ? Je n'y aurais pas eu le cœur, mais je sais les vains efforts que vous avez faits pour interrompre l'œuvre de Dieu. Jamais on ne vous vit plus passionnée de galops sur nos terres qu'à cette époque, jamais on ne vous vit la taille prise dans des corsets aussi serrés. C'est à vous seule qu'elle doit son visage repoussant. Quittez cette pièce, à présent, retournez à ces réceptions et ces fêtes qui paraissent être le but ultime de votre existence et ne revenez jamais m'importuner de la sorte. Bonne nuit, madame.

Interdite, suffoquée, je ne sais comment je trouvai encore assez de présence d'esprit pour m'éloigner de la porte en toute hâte et me glisser derrière une tenture. La porte s'ouvrit, découpant un rectangle de lumière indécis dans le corridor, et se referma derrière ma mère. Je la vis alors, appuyée contre le mur, laissant échapper de douloureux sanglots, le corps soulevé de spasmes. Elle se laissa glisser lentement le long du mur en se tassant sur elle-même, jusqu'à ne devenir qu'une pauvre forme sombre et accroupie. À cet instant-là, malgré ce que je venais d'entendre, j'eus envie de courir vers elle et de l'envelopper de mes bras. Je demeurai immobile et mordis mon poignet jusqu'au sang pour ne pas crier.

# VI

*9 mars 2012*

Si l'on avait dit à Sergueï qu'il se trouverait
ce matin-là devant la porte du compartiment
d'Irina avec une Thermos de thé et une corbeille de croissants, il ne l'aurait certainement
pas cru. C'est pourtant bien ce qui se passe. Le
jour s'est levé sur l'infinie plaine polonaise, un
soleil très pâle a commencé son ascension.
Irina n'est pas venue au petit déjeuner. Et si
l'on avait fait remarquer à Sergueï qu'il s'agissait là d'une inhabituelle sollicitude de sa part,
il aurait haussé les épaules. Non, vraiment, ce
n'est pas son genre. Mais il tient à vérifier que
tout va bien dans son train, que les voyageuses
solitaires et en larmes se sont bien réveillées,
qu'elles n'ont pas choisi son train à lui pour
faire n'importe quoi, avaler des médicaments
ou descendre une bouteille entière, par
exemple. Enfin c'est ce qu'il dirait si on lui
posait la question, mais comme personne n'est
là pour le faire, il se contente de frapper à la
porte vitrée, dont le store est encore tiré
jusqu'en bas.

*Bonjour, je ne vous ai pas vue au petit déjeuner tout à l'heure, j'ai pensé que vous auriez faim, quand même.* Voilà ce qu'il s'apprête à lui dire. Lorsque Irina lui ouvre, surprise, souriante et décoiffée, il lui tend la Thermos et les croissants. « Pas vue », « faim », c'est tout ce qu'elle comprend. Elle remercie, le prie d'entrer, lui propose un croissant. Sergueï regarde sa montre. D'ici au prochain arrêt, d'ici au premier service de déjeuner, sauf urgence, problème à régler ou incident, ce sont des heures calmes. Il pense qu'il ne devrait pas, mais il accepte son offre. Irina a déjà retransformé le lit en banquette, elle a rangé ses affaires, Sergueï voit un livre et un baladeur posés sur la tablette, avec une trousse de toilette ouverte sur une brosse à cheveux et un flacon de démaquillant. Elle va reposer la trousse dans le cabinet de toilette, s'excuse de ne pas être encore habillée et Sergueï lui répond qu'elle est très bien comme ça, avec son pyjama en velours rose qui lui donne bonne mine. Meilleure mine qu'hier, *j'étais un peu inquiet*, confie Sergueï, qui la regarde dévorer un troisième croissant en s'excusant, en essayant de ne pas faire tomber les miettes par terre, et elle s'essuie les doigts et la bouche avec application à l'aide des petites serviettes en papier qui garnissent le fond de la panière. Il la regarde, avec ses cheveux défaits, juste brossés, ses yeux en amande, ses pommettes hautes et ses grains de beauté. *Non, pas vraiment belle*, mais il a envie de rester là, comme ça, sans dire grand-chose, au chaud, à partager un verre de thé, à oublier tout ce qui l'attend dès qu'il sera sorti de ce compartiment. Le silence qui s'est installé l'embarrasse, il lui demande quel est le but de son voyage, *enfin si ce n'est pas indiscret bien sûr.*

Irina hésite, puis elle lui avoue qu'elle va retrouver un garçon qui veut l'épouser, un garçon dont elle a fait la connaissance sur un site de rencontres. Il s'appelle Enzo, il travaille dans une banque à Nice, un bon poste. Il voyage beaucoup. *Il est très amoureux de moi, il m'écrit tous les jours, il m'envoie des photos. Il est beau, en plus. Je vais rester un mois, on va se découvrir, se connaître. Il voudrait qu'on se marie vite.* Elle a dit tout ça d'un trait sans regarder Sergueï qui, lui, ne la quitte pas des yeux.

Il lui dit *Vous êtes heureuse, alors ? Et vous, vous êtes amoureuse ?* Il a posé cette question parce qu'il ne sait pas quoi dire, il est un peu gêné, sans trop savoir pourquoi, il pense qu'il vient de dire une bêtise et que ça ne le regarde pas, mais c'est souvent comme ça quand on ne sait pas quoi dire. Parce que si on lui avait demandé le fond de sa pensée, il aurait dit *c'est n'importe quoi, cette histoire.* Il aurait dit qu'il ne comprenait pas comment on peut vouloir épouser une fille en ayant vu sa photo et en lui écrivant tous les jours. Que pour tomber amoureux, il faut sentir, échanger des regards, saisir des gestes, entendre des mots, voir le grain de la peau, le dessin de la bouche, d'une épaule, bref qu'il faut un être vivant en face de soi et non une photo retouchée sur un de ces sites juste là pour plumer des imbéciles, arnaquer des types qui ne sont pas fichus d'aborder une fille au travail ou dans un café. Il aurait dit qu'il fallait vraiment aller mal dans sa tête pour se faire des plans comme ça, et qu'après tout s'il y a des filles qui en profitent, c'est tant mieux pour elles. Mais comme personne n'est là pour lui demander son avis, il ne dit rien.

Et si on avait demandé à Irina de répondre aux questions de Sergu
ï, certainement aurait-elle été gênée. Si elle avait décidé d'être totalement sincère, peut-être aurait-elle dit qu'elle n'était pas certaine d'être amoureuse d'Enzo, enfin amoureuse comme on l'entend d'habitude, qu'elle le trouvait attentionné, à travers ses messages, romantique, avec sa façon de refuser le contact téléphonique, l'utilisation d'une webcam ou de Facebook, afin de se ménager la surprise d'une vraie première rencontre à la gare, une vraie surprise ; qu'il avait l'air d'un garçon agréable et sérieux. On est forcément sérieux quand on travaille pour une banque étrangère, qu'on prend l'avion pour Londres presque toutes les semaines et quand on déclare que son vœu le plus cher est de l'épouser et de fonder une famille. Elle dirait qu'elle s'était habituée à la présence électronique, virtuelle, d'Enzo, et à ces espoirs d'une autre vie. Elle aurait ajouté qu'elle ne voulait plus avoir froid, plus avoir peur, qu'elle souhaitait s'endormir en paix sans être réveillée par des cris, ou par la chute d'objets, ou par un corps qui se cogne dans les meubles. Elle aurait parlé de Mikhaïl, enfin peut-être, parce que c'est difficile encore pour elle de parler de Mikhaïl. Elle aurait parlé de sa mère, ça c'est certain, de sa mère seule à élever quatre enfants de deux maris différents, tous deux partis, avec le manque d'argent, et surtout cette phrase qu'un jour elle lui a dite, un jour où elle

n'en pouvait plus : *Si j'avais eu le choix, je n'aurais pas eu autant d'enfants.* Comme Irina est la plus jeune, elle en a tiré des conclusions, forcément. Elle a voulu oublier cette phrase, mais ce n'est pas facile, alors elle s'est dit qu'elle ne voulait pas une vie comme celle de sa mère, pour rien au monde.

Peut-être aurait-elle parlé d'Oksana, de leur enfance dans le district sud de Moscou, des quartiers qu'il vaut mieux éviter maintenant, avec toutes ces bandes de gamins des rues qui sniffent la colle et d'autres saletés au lieu d'apprendre à lire, qui dorment n'importe où, qui ont le coup de couteau facile, et ont oublié depuis longtemps qu'ils étaient des enfants. Oui, elle aurait parlé d'Oksana, sa plus que sœur, dont elle ne jalouse pas la vie malgré l'argent qu'elle gagne, malgré son appartement lumineux et son impressionnante garde-robe.

Non, ce ne sont pas des choses qui se racontent à un inconnu venu apporter du thé et des croissants, elle s'est donc abstenue, et elle s'est dit que c'était là un moment bien agréable, cette vie roulante, que c'était la première fois qu'on lui apportait son petit déjeuner comme ça ; elle a encore offert du thé à Sergueï. Elle aurait voulu faire durer ce moment longtemps encore. Elle a l'impression de se trouver dans un cocon, un ventre, un terrier.

Sergueï a accepté le thé et il commence à lui parler de sa vie, entre Nice et Moscou, de ses traversées. Avec des souvenirs drôles, quelques anecdotes de voyageurs, il fait rire Irina. Il lui parle de sa mère qui habite la banlieue de Moscou, de l'argent qu'il lui remet tous les mois pour l'aider. En même temps qu'il parle il se demande pourquoi il raconte tout ça à une inconnue.

Il lui parle de son travail, lui explique le train, son organisation, ses responsabilités à lui, le plaisir qu'il a de contribuer à faire de ce voyage un beau souvenir pour chacun, le mal qu'il se donne, les difficultés qu'il rencontre, et cette joie qu'il éprouve à naviguer ainsi sur rails, à travers sept pays, une trentaine d'arrêts, pour une traversée qui n'est, d'une fois sur l'autre, jamais la même. La preuve.

Son téléphone portable se met à sonner, il doit aller régler quelques détails en cuisine avant le déjeuner, voir comment le ménage a été fait dans les chambres des premières classes, vérifier le nettoyage des douches des secondes, puis ce sera l'heure du rapport quotidien des provodnitsas, qui le tiennent au courant de tout, requêtes, incidents, matériels défectueux… En un instant, il réalise qu'une journée normale l'attend, avec ses énervements, ses tracas, ses fatigues. Il va devoir faire la conversation aux passagers qui le souhaitent, répondre aux demandes d'informations sur les zones traversées, la spécialité des Français, ça, le nez dans leur guide et l'appareil photo vissé sur le ventre. Il y a d'ailleurs un couple de retraités à tenir à l'œil, ils ont failli rater l'un des départs hier, immergés dans une interminable séance vidéo, à filmer le train de l'extérieur à la nuit tombante. *Wonderful light, isn't it ?* lui a dit la dame en remontant en voiture, *want to see my pictures ?* a insisté le mari, et ils ont voulu se faire photographier avec lui devant le wagon. Pas question que ça recommence aujourd'hui. Diplomatie, courtoisie, efficacité. *My pleasure, madam*, a-t-il dit après avoir pris la pose.

Il s'est levé brusquement. Cette fois-ci, il n'oublie pas sa casquette sur la tablette, mais il s'aperçoit qu'il est prêt à partir et qu'il n'en a aucune envie. Alors il reste là, sur place, passant d'un pied sur l'autre. Irina lui tend la Thermos vide et la corbeille des croissants, remercie encore. Puis il lui vient une idée : *Venez dîner au wagon-restaurant ce soir, vous êtes mon invitée, vous verrez il y a une ambiance formidable. Le chef va se surpasser, c'est le moment du voyage que tout le monde attend. Promettez-moi de venir, je vous installerai à une table sympathique. Je suis désolé, je dois partir maintenant.* Irina le regarde, elle hésite. Il voit son envie et sa réticence, il se dit qu'il a peut-être été maladroit. *Ne vous méprenez pas, venez pour le simple plaisir de passer une bonne soirée, rien d'autre.* Irina respire, rougit et remercie encore. D'accord, elle viendra. Elle mettra une jolie robe, une de celles qu'Oksana lui a prêtées, et aussi les chaussures à talons fins qu'elle a achetées avant son départ, avec lesquelles elle a encore un peu mal aux pieds. Ces affaires se trouvent dans la grosse valise rouge à double sangle, elle n'avait pas prévu de les utiliser pendant le voyage, elle demande à Sergueï de l'aider à descendre la valise du casier à bagages, et Sergueï trouve que finalement si, elle est belle.

# VII

*10 mars 1881, le soir*

Cette journée s'achève. Nous roulons vers Berlin à travers la grande plaine allemande, puis polonaise. Nous avançons sur cette étendue plate et sombre où les champs succèdent aux champs, de temps à autre entrecoupés de villages frileusement ramassés sur eux-mêmes, comme pour affronter le froid, la solitude, la peur. Toutes les peurs qui arrivent aux portes avec l'hiver. Nous sommes encore loin de chez nous, mais la présence de ces grands espaces m'en rapproche. Rien à voir avec les terres françaises, ces parcelles étroites sans cesse entrecoupées de haies ou d'étangs, cette succession de petits champs, de petits bois, de maisons posées là, un peu partout. Je sais pourquoi les Français ne nous comprennent pas. Ils aiment l'ordre, la mesure en toutes choses, le joli, le délicat, et nos excès les déroutent autant qu'ils les séduisent. Notre communauté, sitôt qu'elle arrive à Nice pour son hivernage rituel, leur fait l'effet d'une nuée d'oiseaux migrateurs, colorés et bavards, dont les mœurs font entrevoir une autre vie possible.

Ils rêvent alors de ce qu'ils ne connaissent pas, de ce qu'ils entrevoient à travers nous. Ils appellent cela *l'âââme slâââve*. Ridicule ! Pauvres petits Français ! Avec leurs petites moustaches, leurs petits rires, leurs petites contorsions et leurs petits pas de danse, leurs manières étriquées et leurs voix haut perchées, s'ils savaient combien je les méprise ! Ils ne peuvent imaginer un seul instant ce que sont l'espace, la vie, le silence et la neige, la liberté, la violence de la Nature sur nos terres quand arrive l'été, nos lacs infinis et nos interminables forêts de bouleaux, dont il faut des heures, des journées parfois à cheval pour voir la fin. Quelle frayeur ce serait pour eux ! *Dites-moi, chère amie, sommes-nous encore loin ? Ne nous serions-nous point égarés ?* Allons, je n'ai pas le cœur à rire, mais j'avoue que ces pensées me mettent en joie. Je comprends que Père s'ennuie ici, tout comme moi. C'est trop petit.

Encore « Père », je ne peux faire autrement, même si je réalise que je ne suis pas liée à lui par le sang, mais par sa seule bonté d'âme, ou par son choix d'éviter un crime ou un scandale.

Il m'est difficile de comprendre pourquoi, dans cette maison, c'est lui qui me manifeste le plus d'intérêt et de sympathie. Souvent, je l'accompagne à cheval lorsqu'il part inspecter ses terres, contrôler le travail de ses intendants et de ses régisseurs, voir comment vivent ses paysans, ou à la chasse, où je sais que ma tenue à cheval lui fait honneur.

Oui, Père est amoureux, il entretient une relation coupable avec cette Svetlana Verevkine, objet de scandale et de fascination à Saint-Pétersbourg. Je l'ai vue une fois sur scène, il y a deux ans, avant que sa relation avec mon père soit connue de tous. Elle était l'Odette du *Lac des cygnes* de Tchaïkovski. Tant de grâce, tant de beauté m'ont fait frémir, et venir les larmes aux yeux. Père ne l'a pas quittée du regard pendant toute la représentation. S'imaginait-il dans le rôle du prince Siegfried, lorsqu'il lui déclare son amour et lui demande de l'épouser, afin de rompre la malédiction qui la transforme le jour en cygne blanc et ne lui permet de redevenir femme qu'à la nuit ? Est-ce de cela qu'il rêvait, le souffle suspendu, dans son corps de géant, avec sa rude barbe noire ? L'avait-il alors déjà rencontrée, ou bien est-ce à ce moment que les choses se sont nouées ? Je me souviens de ses applaudissements frénétiques, tandis que Mère, ses jumelles de théâtre posées sur sa robe, tapotait distraitement son éventail de soie et de nacre, impatiente de l'entracte pour rejoindre des connaissances au foyer et comparer le raffinement de sa toilette à celle des autres spectatrices.

Je puis comprendre que l'on soit prêt à consentir des folies pour retenir l'attention d'un tel regard. Pourtant, à ce que l'on dit, l'âme de Svetlana Verevkine est loin d'être aussi pure que l'ovale de son visage.

C'est une personne vulgaire et cupide, paraît-il, plus cygne noir que cygne blanc, mais libre, sauvage, sensuelle et drôle. À l'issue de chacune de ses représentations, les hommes riches et influents se pressent dans sa loge, encombrée de bouquets, de pots de fard, de bouteilles de champagne. Le plus offrant gagne ses faveurs pour une nuit, un mois, six mois, une année. Rarement davantage, car les plus grandes fortunes ont aussi leurs limites, et Svetlana aime le changement. C'est Père qui, depuis quelques mois, est devenu son protecteur en titre.

Comment suis-je au fait d'un tel scandale ? Les gens parlent, il suffit d'écouter. Il se ruine pour conserver ses faveurs, j'ai aussi cru comprendre qu'il avait vendu quelques hectares de bois de notre propriété de Navorotchok, afin de l'installer dans un hôtel particulier. Chacun sait, et lui le premier, que cela durera jusqu'à ce qu'un autre lui offre un hôtel plus vaste encore, avec davantage de marbre, de fauteuils recouverts de satin, davantage de bijoux, de fourrures, des domestiques en perruque et bas de soie, un cuisinier français, des chevaux plus fins, plus rapides et une calèche plus légère.

Je crois que la hâte de Père à quitter Nice, malgré ses agréments qu'il ne dédaigne pas, est liée à Svetlana. Ce genre d'oiseau de paradis ne doit guère cultiver la patience, il lui suffit pour vivre de comprendre de qui elle tirera le plus grand profit. J'imagine qu'elle a sur ce sujet un regard particulièrement acéré.

Je me garde de porter un jugement sur le comportement de Père. Je ne sais jusqu'où il ira dans cette affaire, il en a probablement pris la mesure et accepté les risques, mais comment savoir, au plus profond de lui-même, quelle est la part de la vanité et celle de la sincérité ?

*Comme vous êtes radieuse, Anna Alexandrovna, tellement radieuse !* Ces mots de Dimitri tournent dans ma tête à n'en plus finir, ils me bercent le soir au coucher et me réveillent au matin comme une caresse. Tout le jour ils m'accompagnent.

Il y avait tant d'agitation sur le terrain de concours, aux paddocks, dans les tribunes, lors de la cérémonie qui a suivi. Cavaliers, palefreniers, spectatrices élégantes, chevaux, yeux affolés, oreilles dressées, piaffant, hennissant, tirant sur les licols, les flancs frémissants. La victoire. La joie, la fierté, le triomphe. J'avais été la plus rapide sur le parcours, avec des choix audacieux pour gagner du temps, tournant au plus court pour réduire la distance entre les obstacles. Je montais Ochenko, rapide et puissant, excité par le bruit, mais nullement effrayé. Ce jour-là, il volait au-dessus des barres et des haies. À la réception de l'obstacle, je le reprenais, bridant son énergie, le remettant en équilibre sur son arrière-main, puis le relançais à toute allure et le retenais à nouveau quelques foulées avant le saut, afin qu'il se rassemble et donne toute sa puissance en s'élançant.

Rien d'extraordinaire, c'est ce que l'on apprend dans tous les manèges, mais beaucoup de cavaliers ne prennent pas la peine de nuancer ainsi leur parcours, ils craignent de perdre du temps et se contentent de jeter leur monture sur les barres à coups de cravache. Il n'est pas rare que le cheval s'emmêle les jambes dans l'obstacle, ou s'arrête net devant, se trouvant trop loin pour prendre son appel, effrayé par une hauteur devenue infranchissable.

Oui, j'étais radieuse ce jour-là, comment ne pas l'être ? À quinze ans, j'avais ravi la victoire à des cavaliers expérimentés, militaires intrépides pour la plupart d'entre eux. Cette journée, au printemps dernier, fut ma gloire. J'ai été remarquée, pour la première fois. L'espace de quelques instants, je me suis sentie belle dans le regard de Dimitri, accouru me féliciter. C'est peut-être là un égarement de ma part, mais je ne veux pas croire qu'il s'agissait davantage d'enthousiasme pour ma performance équestre que d'admiration pour le fugitif éclat apparu sur mon visage.

Ce moment a pourtant suffi à me rendre amoureuse de lui. À la folie.

J'imagine qu'il se mariera un jour. Je veux être celle qui prêtera à ses côtés le serment des mariés devant le pope, sous les couronnes tenues au-dessus de leurs têtes, dans les parfums d'encens et les chœurs d'hommes célébrant les louanges du Seigneur.

# VIII

*9 mars 2012*

Tout le jour, Irina s'interroge. Elle ne l'avait pas imaginé comme ça, ce voyage, pas du tout. Chaque fois que ses pensées se mettent à galoper, elle se dit que tout va bien, elle est invitée à dîner, à passer une soirée agréable, à s'amuser. Il n'y a pas de quoi en faire toute une histoire. Demain, elle sera dans les bras d'Enzo, et ils se diront tout ce que leurs lettres et leurs messages n'ont pu contenir. Leur relation va prendre chair, elle va découvrir son corps, son sexe, sa démarche, entendre le timbre de sa voix, sa façon de parler, de lui parler, de la regarder, de l'embrasser, de l'aimer.

Irina recommence à avoir peur. Et s'il se montrait décevant, ennuyeux à mourir, autoritaire, jaloux ou brutal ? Et si elle n'était pas à la hauteur ? Il va lui présenter sa famille, ses amis, l'emmener au restaurant. Le regard de ses proches va compter, en particulier celui de son oncle Philippe, dont il lui parle si souvent. Il semble avoir une grande place dans la vie d'Enzo, lui tenir lieu de père depuis la mort de celui-ci, et aussi d'ami, de confident, de complice. Un homme cultivé, un historien. À coup sûr il va la questionner sur la situation politique actuelle, lui demander son avis. Ce qu'elle pense, elle ne peut pas l'avouer à des inconnus. Il y aura la mère d'Enzo, réticente à cette relation, à ce qu'elle a compris. Irina sait que ce sera là une rencontre délicate, décisive ; il faudra aussi faire la connaissance de ses frères, des amis de son club d'escalade, de ses collègues, de ses copains d'enfance. Que va-t-elle leur dire, dans son mauvais anglais ? Elle ne sait pas ce qui est à la mode en France en ce moment. Peur de paraître décalée, commune ou trop apprêtée. Sur quoi vont-ils la juger ?

Irina sait qu'elle a menti. Un peu. Rien de très grave. Mais menti quand même. Certes, elle a bien vingt-six ans, son vœu le plus cher est de fonder une famille avec un garçon attentif et sérieux. Mais elle n'a jamais travaillé au Grand Café Pouchkine, comme elle l'a écrit à Enzo, ni auparavant dans une boutique de luxe de l'un de ces magasins pour touristes et nouveaux riches qui jouxtent la place Rouge. Irina est serveuse dans un self de la rue Miasnitskaïa, à la sortie du métro Loubianka. Un de ces innombrables établissements de restauration rapide qui débitent sur des plateaux douteux salades de choux et de betteraves, plats chauds en sauces gluantes et desserts pâteux, pour les employés du quartier, les étudiants ou les touristes désargentés. *Russian style food at low prices*, comme c'est écrit sur un panneau à l'extérieur. Le *standard meal* est à 5 dollars, boisson comprise.

Après le service, nettoyer, ranger, avec la serpillière qui sent la graisse et la Javel, soulever les piles d'assiettes en faïence beige qui pèsent des tonnes. Le Café Pouchkine, c'est son rêve, avec ses banquettes, ses lustres, ses miroirs et ses grandes vitrines débordant de choses délicieuses. Les nappes blanches à l'étage, où l'on sert du cognac de France dans des verres si fins qu'il est difficile de croire qu'on les tient réellement en main.

Irina se met à avoir peur. Si Enzo s'était renseigné, s'il avait découvert son mensonge ? Elle ne sait pas si c'est grave, elle ne sait plus. Elle ne sait pas si elle a envie que ce train arrive un jour. Sur la banquette en velours bleu, plusieurs robes sont sorties, l'une a glissé au sol. Elle ne veut plus s'habiller, se déguiser, faire semblant, faire croire. Elle voudrait dire à Serguei qu'elle ne viendra pas ce soir, qu'elle ne se sent pas à sa place dans un restaurant distingué, qu'elle ne tient pas à se distraire. Une idée lui vient : si Serguei passe dans le couloir, elle le lui dira, sinon, elle se rendra à son invitation, question de politesse, puis elle repense à ce moment de la matinée, autour du thé et des croissants. Elle voudrait dormir, dormir pour oublier toutes ces images et ces pensées qui tournent dans sa tête comme des oiseaux énervés par le vent.

Serguei n'est pas passé. Elle se rend donc au dîner, elle a fini par choisir un jeans noir serré, ses chaussures neuves à hauts talons et une blouse beige soyeuse, avec un collier qui lui arrive à la taille. Elle a relevé et attaché ses cheveux, quelques mèches s'échappent sur la nuque et autour du visage. Pour la première fois, elle a utilisé le cadeau qu'Oksana lui a remis à la gare. *Pour que tu sois belle et que tu penses à moi.*

Au restaurant, les musiciens ont commencé à jouer, *mezza voce*, pour ne pas déranger les conversations. C'est la Russie éternelle, sentimentale, sincère et folklorique, qui est en scène. Pantalons bouffants enfoncés dans les bottes, blouses brodées, accordéon, balalaïkas, violons, cymbalum, chanteuse en jupe large et châle fleuri. Menu traditionnel, bortsch, koulibiak, poissons fumés, salade de pommes de terre et gâteau aux graines de pavot. Serguéï a placé Irina à sa droite, mais il ne reste pas assis plus de quelques minutes à chaque fois. À table, c'est champagne et vodka, et avant la fin du repas, les chansons sont reprises en chœur. *Poliouchko Pole* et *Katioucha*, *Soir de Moscou* et *Yiddische Mame*. Irina sent la tête lui tourner, elle voudrait que cet instant ne cesse jamais.

Quand Serguéï l'a raccompagnée puis s'est penché vers elle pour prendre congé et lui souhaiter une bonne nuit, c'est elle qui l'a retenu. Besoin de chaleur, de protection, besoin d'aimer russe, de jouir russe, avant d'entamer une nouvelle vie dont les contours lui semblent de moins en moins distincts. Il s'est forcé à lui dire *Vous êtes sûre ? Vous n'allez pas regretter ?* Et après, tout de suite après, il a répondu à son désir à elle. Le jeans noir et la blouse beige en tissu soyeux ont glissé au sol, la casquette et l'uniforme aussi, ils se sont trouvés là, embarrassés et heureux, à vouloir retenir leur hâte, à ralentir cette foudroyante accélération qui les avait emportés sans prévenir. L'exiguïté du compartiment, la nécessaire discrétion n'avaient en rien bridé leur plaisir, et ils s'étaient endormis, avant de se chercher et de s'aimer à nouveau.

*Tu as entendu parler du bataillon Vostok ?* Ça a été plus fort qu'elle, il fallait qu'elle en parle, qu'elle en parle maintenant, et qu'il l'écoute. *Un peu, comme ça, pourquoi ? Qu'est-ce qui t'arrive ?* Sergueï s'est redressé sur les oreillers, il tend le bras et caresse la joue d'Irina, déplace quelques mèches qui barrent son visage. Il la voit frissonner, il remonte la couverture et glisse son bras derrière sa nuque. *Je veux juste que tu comprennes pourquoi je suis là aujourd'hui. Je sais que tu méprises ce que je viens faire en France, me faire épouser par un pauvre type, ou par un imbécile qui croit s'acheter la grande aventure, Anna Karénine et le Kamasutra réunis. Alors laisse-moi te raconter.*

Il se rend compte qu'Irina tremble et qu'elle respire mal, il continue à lui caresser le visage, doucement, comme une vague tiède qui calmerait les peurs.

*Je vivais avec un gars jusqu'à l'année dernière, on était ensemble depuis des années, ça ne se passait pas mal, disons que ça allait, enfin je tenais à lui, et je crois que lui aussi. C'était un militaire. En août 2008, quand la Russie s'est engagée en Ossétie du Sud, il a été envoyé là-bas, pour le maintien de la paix. Enfin, on l'a envoyé avec quelques autres rejoindre le bataillon Vostok. Oui, celui de la Tchétchénie, le même, trois cents types. Des bêtes. Pire. Mikhaïl s'est trouvé embarqué là-dedans. Je ne dis pas que c'était un ange, mais à son retour, quelques mois après la déclaration d'indépendance* de l'Ossétie, il a craqué. *Les pillages, les viols, les massacres, il n'était pas fait pour ça.*

*Il s'est mis à hurler la nuit, à se réveiller en sursaut, il se levait en croyant voir des gens dans notre chambre. Et puis il s'est mis à boire, à boire vraiment, dès le réveil. Après, il pleurait ou il tapait, il a tout cassé chez nous. Il parlait du village de Tkiavi, c'est ce qu'il a vu là-bas qui l'a rendu comme ça. Il parlait de femmes éventrées, de mères hurlant, suppliant, de cadavres d'enfants, d'hommes qu'on abat sur un haussement d'épaules, de vieillards affamés abandonnés dans les rues. Il s'est mis à ne plus rentrer le soir, à revenir au milieu de la nuit ou au matin. Il me réveillait, et il a commencé à me frapper, après il se mettait à pleurer. Je n'arrivais plus à me lever et à aller travailler, ou plutôt à m'enfuir de l'appartement avec la peur aux tripes. Je n'ai pas tardé à perdre mon travail. Un jour, je me suis enfuie et je suis allée chez une amie. Sans elle, je ne sais pas si je serais encore vivante. J'ai retrouvé du travail, et c'est elle qui m'a fait arriver sur les sites de rencontres, mais pour moi, c'était sérieux. Et maintenant, je ne sais plus. Voilà, j'ai fini, désolée de t'avoir infligé ça, mais il le fallait.*

Sergueï regarde le profil d'Irina qui se détache sur les draps clairs. Il voit des larmes rouler sur son visage sans qu'elle cherche à les arrêter. Puis un sanglot, énorme, suivi d'autres, qui secouent tout son corps. Elle lui demande de partir, elle lui dit qu'elle s'en veut maintenant de l'avoir ennuyé avec cette histoire.

Sergueï n'a pas dit un mot, le va-et-vient de ses mains sur le visage d'Irina se poursuit. Il essuie ses larmes avec un coin du drap.

Il se dit qu'il n'aurait pas dû s'intéresser à cette fille, mais que demain soir ce sera fini, que tout ça ne le regardera plus, il pense à tout ce qu'il y a encore à faire dans ce train, et à la douche qu'il voudrait prendre dans son compartiment avant de passer son uniforme de rechange et du linge propre. Il regarde encore le profil d'Irina, il la serre contre lui, comme s'il voulait la faire entrer tout entière dans son propre corps.

Dans le couloir, on entend des allées et venues, ce sont les plus matinaux qui veulent profiter de l'eau chaude. Après, c'est sans garantie, sauf pour les compartiments qui disposent de douches privées.

Dans une demi-heure commencera le service du petit déjeuner ; aujourd'hui on traverse l'Autriche, l'Italie, la France et même Monaco. Serguïeï pense à cet étrange voyage qui ne se passe pas comme les autres, qui lui échappe. C'est la première fois qu'il sort de son rôle d'agent d'accueil irréprochable, de capitaine autoritaire et courtois. Il voit ses vêtements à terre, il sursaute et se dit que personne ne doit le croiser avec son uniforme chiffonné, et en même temps, il n'a pas envie de quitter cette chambre, pas envie de quitter cette fille inconnue la veille encore, cette fille qui dort d'un sommeil entre-coupé de sanglots. Il se lève, enfile ses vêtements dans la semi-obscurité du compartiment, accroche le jeans et la blouse d'Irina au porte-manteau de la cabine, ramasse ses chaussures et les rassemble en dessous, il tapote son oreiller et le pose tout près du visage d'Irina, et puis il ne veut pas partir comme ça, en ayant simplement profité de son corps, bien qu'il sache qu'il n'est ni le premier ni le dernier. Ce n'était même pas son intention. Il ne sait pas quoi faire. Une fois habillé, il sort dans le couloir et il écrit quelques mots sur le carnet qui ne le quitte pas, là où il note tout. Il écrit *je dois partir je viendrai dans la matinée*, il voudrait écrire d'autres choses encore, mais il n'y a plus de place sur la feuille de carnet. Il ajoute *attends-moi*, il signe *Serguei* et il pose le mot sur l'oreiller. Il se glisse dans le couloir, prêt à redevenir le chef de bord de ce train.

Après son départ, Irina s'étend, s'étire, cherchant à occuper chaque centimètre de la banquette transformée en lit étroit. L'odeur de Serguei est là, avec sa chaleur encore, dans le drap, sur l'oreiller. Dans un demi-sommeil, elle sourit. Très confusément, c'est une autre sensation qui vient se superposer, comme issue d'une très ancienne vie, d'une vie avant la vie, d'un temps avant le temps, témoignage d'une proto-histoire dont quelques vestiges affleureraient parfois. La maison étroite et malcommode de sa mère, avec ses frères et sa sœur, l'hiver. Le froid. Le froid qui l'empêche de s'endormir malgré les fenêtres calfeutrées, malgré les volets et les rideaux, malgré l'entassement des vies, des corps, le mélange des haleines. Le froid qui réveille, lorsque le poêle a fini par renoncer à durer toute la nuit. Dès l'enfance, Irina avait trouvé une façon de conserver un peu de chaleur, juste assez pour tomber dans cet engourdissement bienheureux qui précède le sommeil.

Elle glissait sa robe de chambre molletonnée au fond de son lit, en introduisant ses pieds et ses mollets dans les manches et en entourant ses jambes du reste du tissu. Le contact de la matière ouatinée lui procurait un soulagement immédiat, chaleur et caresse à la fois, en lui épargnant le contact avec le coton glacé des draps. Plus tard, c'est cette sensation qu'elle a recherchée avec les hommes, cette même sensation de plénitude tiède et ronde. Avec Mikhaïl ce fut le cas, au début du moins ; ses mains larges et chaudes, son ventre brûlant plaqué contre son dos à elle, oui, c'était bien cette sensation, avant que sa présence ne devienne que relents d'alcool et mauvaise sueur. Et le froid toujours, ce froid qu'elle n'a jamais cessé de vouloir fuir, ce froid lorsqu'elle était la première à entrer dans la salle de bain, avec l'eau qui pique comme des aiguilles par la pomme de douche entartrée et le rideau en plastique raide qui se plaque à la peau.

Sergueï vient de lui donner des fragments de cette douceur oubliée, qui en quelques instants ont traversé toutes les strates de la mémoire compliquée du corps, de ses imprévisibles et incontrôlables méandres, et rompu le barrage des souvenirs acides. Irina se rendort.

# IX

*12 mars 1881*

Le jour, à nouveau. Demain, en fin d'après-midi, nous serons arrivés. Encore une journée, encore une nuit. Nous atteindrons bientôt Minsk. Malgré mon impatience, je sais que le temps va passer vite, car l'excitation du départ est passée, ne restent que la hâte et l'ennui. Malgré les arrêts nombreux, qui nous permettent de faire quelques pas sur les quais des gares que nous traversons, cet espace étroit, confiné, où se mêlent les odeurs de cuisine, les cigares des hommes et les parfums des voyageuses, devient irrespirable. Mathilde, qui partage mon compartiment, s'efface devant mon humeur maussade. Elle garde le sourire, propose de me faire la lecture ou de jouer aux charades. Quelle idiote !

Notre compartiment abrite deux banquettes qui se font face, transformées en lits par le personnel pendant l'heure du dîner. En quittant le wagon-restaurant, alourdies par une nourriture trop riche pour le peu d'exercice que nous prenons, filet de bœuf ou poularde à la crème, nous trouvons des lits jumeaux, distants de moins d'un mètre. J'entends son souffle léger, régulier, alors que je m'agite en tous sens pour m'endormir, énervée par toute cette oisiveté forcée, à la fois excitée et intimidée à l'idée de revoir Dimitri. Inquiète aussi quant à ses sentiments envers moi. Trop de choses en tête, et trop peu pour occuper ces journées, à passer d'un wagon à l'autre, à réclamer du thé ou à tenter de fixer mon attention sur un livre.

Après une nuit décousue, peuplée d'ombres et de rêves étranges où les chemins s'effacent sous mes pas et les arbres se transforment en êtres humains enchaînés, je me suis assoupie au matin. Mathilde a profité de ce sommeil pour utiliser notre cabinet de toilette commun. Elle vient de s'enfermer, j'entends le bruit métallique discret du loquet qu'elle a tiré derrière elle, et je reconnais le son de chaque objet qu'elle déplace.

Non, je ne dors pas, je navigue dans un semi-éveil, je me contente de jouir de la tiédeur des couvertures, de la douceur des oreillers, et du léger roulis du train, qui pour une fois me berce. Il me semble revenir à des temps anciens, des temps où je n'avais idée de rien, où le monde se limitait à quelques visages familiers, à quelques joies enfantines. Je me contentais d'espérer un jouet, une friandise, une histoire racontée, une paire de souliers neufs.

Katia, ma nourrice, représentait pour moi l'univers tout entier. Les visites de Mère à la nursery se faisaient rares, je me souviens les avoir attendues chaque jour, n'osant froisser ni tacher ma robe, m'exerçant à la révérence pour lui plaire.

De ces années, je ne garde aucun souvenir de Père, il aura fallu que je quitte l'espace protecteur de la nursery et que je prenne place à la table commune pour découvrir son visage.

Dans ces années d'enfance, Vladimir jouait volontiers avec moi, comme on s'amuse d'un jeune animal que l'on prend et que l'on laisse, avec des brutalités, des impatiences, des élans de tendresse. En dehors de Katia, il constituait presque mon unique contact avec l'extérieur. Pour rien au monde je ne me serais plainte de son attitude. Je devais exécuter ses caprices, ses désirs, imiter sur son ordre l'âne ou le chien, avaler des aliments enduits de sable ou de boue, parfois pire, subir des humiliations et des gestes dont le souvenir me fait monter la honte au front.

Je demeurais seule, souvent des journées entières. Katia se montrait douce avec moi, mais je ne pouvais pas passer des heures blottie dans ses bras, dans son odeur de lait et de cannelle. C'était pourtant le seul endroit où la vie m'apparaissait tendre. J'étais, paraît-il, une enfant nerveuse et remuante, inquiète et grave. Je me souviens avoir été souvent corrigée, pour une robe déchirée, un bonnet perdu, une réponse jugée insolente, une leçon mal récitée. J'étais orgueilleuse, aussi. Jamais je n'ai pleuré au moment où Mère m'administrait elle-même la correction, j'aurais préféré mourir plutôt que de montrer à quel point j'étais détruite de douleur et de tristesse.

Un jour, Katia a quitté notre service, sans que je sache pourquoi. Sans doute étais-je devenue assez grande pour me passer d'une nourrice. Je me souviens de ce matin où, déjà en tenue de voyage, elle m'a serrée contre elle en m'inondant de ses larmes. *Dieu te protège, Anouchka chérie. Je prierai pour qu'Il te donne le courage dont tu auras besoin. Adieu, Anouchka.* Je n'ai pas compris le sens de ses paroles à l'époque, je lui ai rendu son étreinte et elle a disparu de ma vie. La terre s'était ouverte sous mes pieds. Je me suis juré de ne permettre à quiconque de me faire éprouver un semblable déchirement. Je ne savais rien de la vie, si ce n'est qu'elle pouvait nous exposer à de telles souffrances.

Mathilde est toujours occupée à sa toilette, je finis par m'éveiller tout à fait. Mes yeux se posent sur chaque meuble, sur les fauteuils à franges recouverts de velours bois de rose où sont étalés nos vêtements. Un petit objet brillant, sur la table de nuit de Mathilde, tout près de son oreiller, attire mon attention. Je me soulève, repousse les couvertures, curieuse de découvrir quelque chose d'elle, un objet intime, une faille peut-être à son insupportable perfection. Sans bruit, j'ai tendu le bras et attrapé l'objet. C'est un médaillon en or accroché à une longue chaîne à mailles filigranées. Un bijou comme beaucoup de femmes en portent ; on peut l'ouvrir grâce à un minuscule fermoir. À l'intérieur, une boucle de cheveux blonds très clairs, et la photo d'un visage, découpée à la taille du médaillon. Dimitri. J'étouffe un cri. Je referme l'objet et le repose à sa place. Je crois que ma poitrine et ma tête vont exploser. Le sang me monte au visage, mes oreilles bourdonnent, l'air me manque, je me laisse tomber sur ma couchette.

Tout tourne autour de moi. D'un instant à l'autre, Mathilde va sortir. Elle ne doit se douter de rien, je rabats les couvertures sur moi en hâte, et feins de somnoler encore. J'ai l'impression que les battements de mon cœur s'entendent à l'autre bout du wagon. Ne pas pleurer, ne pas crier. *Adieu Anouchka, je prierai le Seigneur pour qu'Il te donne le courage dont tu auras besoin... Comme vous êtes radieuse, Anna Alexandrovna, tellement radieuse.* Mais pourquoi la vie doit-elle faire si mal ?

Comment affronter cette journée ? Comment soutenir le regard de Mathilde ? Les heures qui suivirent furent une torture, comme toutes celles à venir. Sur la grisaille mate du paysage, des lettres de feu dansaient devant mes yeux. Dimitri. Mathilde. Mathilde. Dimitri. À la stupeur, à la douleur vinrent s'ajouter la colère et la haine. Je ne m'étais doutée de rien, comme chacun d'entre nous ici, je suppose. La Française aux yeux d'ange avait bien caché son jeu. Car, j'en étais certaine, c'était elle qui avait cherché à séduire Dimitri. Une revanche sur son triste sort. Des rêves de richesse, d'opulence ! Et quelle sottise, en même temps ! Comment une domestique – qu'est-elle d'autre chez nous ? – pouvait-elle imaginer un seul instant qu'un jeune aristocrate, héritier d'une des meilleures familles de Saint-Pétersbourg, promis à une brillante carrière dans les armes, consentirait à une telle mésalliance ? Et en admettant un égarement de sa part, comment imaginer que sa famille l'accepterait ? Il se mettrait au ban de notre société, en provoquant le rejet et la moquerie. Il serait la risée de tous, comme sa descendance, déclassée dès le berceau. Pour cette fille, bien sûr, il n'y a que des bénéfices à tirer d'une telle situation, et un secret plaisir, peut-être, à attirer l'un des plus beaux partis de la ville dans sa propre déchéance.

Comment est-elle parvenue à ses fins, avec ses robes grises boutonnées jusqu'au cou ? Comment Dimitri a-t-il pu poser les yeux sur un être d'aussi basse condition ? Mes pensées ont tourné de longues heures dans ma tête, le plus difficile fut ensuite de présenter un visage convenable aux repas et au salon. Je me faisais l'effet d'une feuille morte saisie par le gel, qui se craquelle et s'effrite au plus léger toucher. Et quelle que soit la façon dont j'envisageais la situation, j'en revenais toujours à la même conclusion : impossible de laisser se poursuivre un tel état de fait. Dimitri m'était destiné. Il fallait le sauver de cette ignoble machination, ses yeux devaient être dessillés et c'est à moi que revenait cette tâche.

Le soir approchant, ma décision était prise. Je l'ai mise cette nuit à exécution. J'ai défiguré Mathilde.

# X

*10 mars 2012*

Le bataillon Vostok défile sur la Promenade des Anglais, des chiens-loups à casquette rôdent au pied des palmiers et reniflent des poupées démembrées. Enzo conduit un char le long d'une voie ferrée en hurlant qu'il ne trouve pas les commandes, Mikhaïl danse sur les tessons de bouteille dont la plage est jonchée et Irina s'éloigne en nageant vers le large, où un train dessine la ligne d'horizon.

Le wagon se met à trembler au passage d'un convoi en sens inverse, Irina ouvre un œil, elle se demande où elle se trouve, une lumière vive l'éblouit à travers le store. Elle voit ses vêtements accrochés avec soin au portemanteau et ses chaussures posées en dessous, l'une à côté de l'autre, et elle sent son ventre humide, son corps alourdi de sommeil. En se retournant, elle entend quelque chose crisser sur l'oreiller. Elle sursaute, attrape le papier froissé et tend le bras vers l'interrupteur de la liseuse. Sa tête retombe, elle éteint la lampe inutile, le soleil montant ignore la barrière translucide du store et lui brûle les paupières.

Dormir, dormir encore, elle rabat le drap et la couverture rayée bleu et beige sur sa tête, se roule en boule, ferme les yeux. Dormir. Retarder le plus longtemps possible la rencontre avec le réel, dilater jusqu'à son maximum ce moment de tiède apesanteur, de douceur utérine retrouvée. Dormir. Revivre chaque instant de la nuit écoulée.

Encore ensommeillée, Irina pense à tout ce qu'elle n'a pas dit à Sergueï, ce qu'elle n'a pas pu avouer à Oksana, le coup de grâce porté par Mikhaïl à leur histoire. *Un enfant ? Jamais ! Jamais, tu m'entends ? Je ne veux pas mettre au monde quelqu'un qui puisse subir ce que j'ai fait, ou le faire subir à qui que ce soit, ou voir ce que j'ai vu. Jamais ! Tu m'entends ?* Ces derniers mots, il les avait hurlés en la saisissant aux épaules, la secouant à en déchirer ses vêtements, puis il l'avait lâchée brusquement en la repoussant ; il était sorti en laissant la porte de l'appartement grande ouverte. L'air glacé de la cage d'escalier avait envahi la pièce.

La tête d'Irina avait heurté une étagère, elle avait failli perdre connaissance. Devenue transparente aux yeux de Mikhaïl, elle n'existait plus pour lui et ne pouvait rien faire pour l'aider. Dès le réveil, il tendait la main vers une bouteille abandonnée la veille au pied du lit, avant de la jeter contre le mur si par malheur elle était vide. Combien de fois s'était-il blessé sur des tessons, avant qu'elle se hâte de les ramasser ? Elle n'avait pas pu dire ça à Sergueï, ni avouer cette immense fatigue, cette lassitude, cette peur qui s'était emparée d'elle pour ne plus la lâcher. S'endormir avec la peur, se réveiller avec, vivre avec chaque heure du jour avant de trouver le sursaut d'énergie pour sortir dans la nuit et arriver chez Oksana au petit matin, Oksana qui n'était pas encore rentrée, qu'elle avait attendue devant sa porte. Non, tout cela était impossible à dire.

Et maintenant ? Et demain ? Garder encore un peu la chaleur des draps, garder l'instant, rien que l'instant. Peut-on changer de vie en faisant semblant de croire à une rencontre virtuelle, à quelques milliers de kilomètres de chez soi ? La vie est de sang, de chair, de sperme et de larmes, de trop de larmes, de trop de sang parfois. Qui est Enzo, en fin de compte ? Comment vit-il ? Quels seront ses premiers mots pour elle ?

Les bruits du couloir se font de plus en plus présents, puis s'estompent à nouveau. Elle n'a pas entendu Serguëi entrer dans son compartiment. Serguëi qui s'assied au bout de la banquette et qui ne dit rien, qui attend. Il a posé sa casquette et commence à verser un verre de thé de la Thermos qu'il a apportée, comme la veille. Il voudrait la toucher mais il a peur qu'elle sursaute, qu'elle crie, ou qu'elle n'ait pas envie de se souvenir de leurs gestes, ni de son corps à lui. Alors il dit simplement son nom, *Irina*, sans savoir si c'est pour lui seul ou s'il tente de la réveiller. *Irina, c'est Serguëi. Tu m'entends ?*

La silhouette enfouie sous la couverture a bougé, sa forme se modifie, s'étire, et sous les cheveux emmêlés, un visage apparaît. Irina se redresse et sourit, ramène le drap contre elle dans un sursaut de pudeur superflu. Elle ne

trouve rien à dire, continue à sourire. *Bonjour,
tu as bien dormi ?* Sergueï ne sait pas comment
l'aborder. Il lui offre un verre de thé, deux petits
pains au lait, tend la main pour écarter ses cheveux. Il lui dit qu'en ce moment le train finit de
traverser l'Autriche, ce sera bientôt l'Italie par
le Brenner, en fin d'après-midi elle sera arrivée,
il l'envie de découvrir cette ville, ce climat,
toutes ces fleurs, et la mer. Il lui dit qu'il est
sûr qu'elle va aimer.

Il saisit sa casquette comme pour chercher
quelque chose de perdu à l'intérieur, il la repose,
lisse le drap du plat de la main. Il lui demande
si elle n'a pas eu froid. *J'ai un peu réfléchi cette
nuit*, les mots commencent à lui venir doucement, il hésite, s'arrête. *Je n'ai pas à juger tes
choix ni à me mêler de ta vie, mais j'ai envie de
te proposer quelque chose.* Il hésite encore. *C'est
un peu rapide mais je n'ai pas le choix. Dans
moins de dix heures tu seras arrivée. Je sais que
je dérange tes projets. Je voudrais que tu restes
avec moi. J'ai une bonne situation, je n'ai encore
jamais eu envie de vivre avec quelqu'un et je n'ai
pas eu souvent le temps de me poser la question.
Si tu le souhaites, je peux t'aider à retrouver du
travail à Moscou, à la RZD, peut-être même sur
cette ligne.*

Il s'est arrêté, comme si ses paroles avaient
épuisé toute son énergie.

Il guette quelque chose dans les yeux d'Irina.
Elle l'écoute, le regarde, toujours muette.

Elle ne pense plus à retenir le drap sur elle
et elle se retrouve nue, assise au milieu des
miettes de pain au lait. Dans sa tête le bataillon
Vostok continue à défiler sur la Promenade des

Anglais et Enzo conduit toujours son char. Puis elle passe sa main dans ses cheveux, sur son visage. Elle ouvre la bouche, mais rien ne sort. Le silence qui s'est installé entre eux est brusquement rompu par des éclats de voix dans le couloir. Sergueï sursaute, se lève d'un bond, note un numéro de téléphone sur une autre page de son carnet, qu'il arrache. *Appelle-moi,* et en un instant il a quitté le compartiment.

Du côté de la douche, un jeune Français et un Russe se querellent dans un anglais aussi rudimentaire qu'énergique. Il est question d'eau glacée, du temps passé par l'un d'entre eux sous cette douche. Le ton monte et, comme les mots manquent à l'un et à l'autre, la question semble devoir se régler aux poings.

Sergueï s'interpose. *Please, gentlemen, please. I'm so sorry but it's not possible to get there more warm water, we try to improve this point. Please, gentlemen, would you accept to have something at the bar, a warm drink or anything you like ?* Le Russe en costume froissé et le jeune Français en chemise à carreaux se calment, haussent les épaules. La compagne du Français, queue-de-cheval courte et lunettes rondes, soupire. *Allez, viens, y a pas mort d'homme, je boirais bien un chocolat chaud. Tu prendras ta douche ce soir, laisse tomber.*

Sergueï connaît bien ce moment du trajet, c'est ce qu'il appelle le « creux ». Chacun attend la fin du voyage, il y a de l'impatience, de l'énervement dû au confinement, à l'exiguïté des lieux, on tourne en rond, on manque d'exercice, on soupire, on guette le moindre événement, on s'emmerde. Il fait chaud, ça sent la nourriture et la transpiration, tout le monde a hâte d'arriver. L'euphorie du départ est passée, tout comme l'installation, la nouveauté des lieux, le plaisir des dîners. Il n'y a plus rien à découvrir, on a lu, écouté de la musique, bavardé, photographié, mangé, bu plus que de raison. Maintenant il faut arriver.

Le « creux » s'arrête en général avec le déjeuner ; vient ensuite le compte à rebours des dernières heures de voyage. Les affaires à rassembler, les sacs et les valises à fermer, des adresses à échanger parfois, la beauté des paysages marins à découvrir. Menton, Monaco, et enfin Nice.

Pour le moment, Sergueï s'efforce de lisser ce moment délicat, et personne ne soupçonnerait qu'il y a quelques instants seulement, il a joué à quitte ou double, en offrant sa vie à une presque inconnue. Et personne ne soupçonnerait non plus que dans un compartiment proche, derrière le store encore descendu, une jeune femme trébuche sur le fil de ses jours, en proie à une panique totale.

Elle a peur de ne pas savoir où se trouve l'erreur. La proie et l'ombre, sans parvenir à distinguer l'une de l'autre. Le souffle lui manque, elle étouffe. De l'air. Elle sort faire quelques pas dans le couloir, elle voudrait que le premier voyageur rencontré lui dise ce qu'il faut faire. Sergueï. Enzo. Enzo. Sergueï. Elle veut tout, l'amour, la paix et le confort. Elle veut encore les bras de Sergueï et son sexe dans son ventre à la faire crier, elle veut son odeur et elle ne veut pas faire le mauvais choix, si près du but. Tout miser sur un inconnu après tant de mois à tisser cette histoire ? Il lui reste quelques heures pour se décider, elle panique à nouveau. Qu'en penserait Oksana ? *Prends ce que tu peux ma belle, prends et arrête de te faire des nœuds au cerveau.* Elle réalise qu'il n'y a aucune garantie à rien, ni avec l'un ni avec l'autre, ni avec personne ni avec la vie. Le sol bouge sous ses pieds et elle ne veut pas être engloutie dans les failles qui se dessinent et commencent à s'ouvrir. Elle veut rire, elle veut jouir, elle veut sa part de chance. Elle veut une vie après le bataillon Vostok et les tessons de bouteille. Puis elle se dit qu'elle ne s'est pas engagée dans cette histoire compliquée pour s'arrêter là, qu'il faut aller jusqu'au bout. Et le souvenir des mains de Sergueï surgit au même instant ; elle regarde autour d'elle ce qui pourrait l'aider à savoir, lui donner un signe, un indice, mais elle ne voit rien. Elle se rend compte qu'elle est seule et qu'il lui faut se décider.

Elle a remonté le wagon à contresens, ça tangue, ça roule et maintenant elle a la nausée, elle retourne à son compartiment aussi vite qu'elle peut. Entre ses doigts, elle tourne la feuille de carnet, puis fixe la porte comme si elle attendait que sa décision s'y affiche, à côté des menus et de la carte des pays traversés.

# XI

*Dans la nuit du 12 au 13 mars 1881*

Quelques heures viennent de s'écouler depuis le drame. J'ai l'impression d'être entrée dans un labyrinthe où l'horreur le dispute à l'effroi. Je tente de reprendre mes esprits, de calmer ma respiration, de faire cesser ces gestes saccadés que je ne parviens pas à contrôler, comme si mes membres vivaient indépendamment de moi.

Oui, j'ai défiguré Mathilde. Ses hurlements ont réveillé tout le wagon. Je suis sortie de notre compartiment en courant, moi-même affolée qu'un tel volume sonore puisse jaillir d'un corps aussi menu. Étais-je effrayée par ses cris ? Par mon acte ? Elle s'est enfermée et a continué à hurler. De peur ? De douleur ?

Une fois ma décision prise, après la découverte du médaillon, j'ai réfléchi toute la journée à la façon de faire. Cela s'est révélé assez simple, d'autant que je commence à bien connaître les lieux et les possibilités qu'ils offrent.

Un énorme samovar collectif est installé à l'extrémité du couloir, juste à côté de notre compartiment ; il contient en permanence une grande quantité d'eau bouillante. Une fois Mathilde endormie, je me suis glissée dans le couloir, avec le broc en porcelaine que nous utilisons pour notre toilette. Je l'ai rempli d'eau bouillante et je suis vite revenue. Je lui ai versé toute l'eau sur le visage, en la maintenant solidement. Et avec mon canif de cavalière, qui ne me quitte pas, je lui ai entaillé le visage de l'œil à la lèvre. Elle était légère, fragile, j'ai senti sa vie sous mes doigts. Ce qui a suivi est assez logique, lorsqu'on y songe. Père, en robe de chambre, accouru à la hâte en entendant crier, m'a trouvée tremblante dans le couloir, tandis que Mathilde refusait d'ouvrir sa porte. À force de patience et de mots calmes, c'est en fin de compte Tatiana qui a réussi à la convaincre, et qui a découvert la gouvernante prostrée, cheveux emmêlés, dans sa chemise de nuit trempée et ensanglantée. Elle l'a vêtue de sa robe de chambre et obtenu qu'elle laisse Père entrer. Cela a duré un long moment, puis il est ressorti, l'air grave. Il a demandé à Mère et à Tatiana de soigner sa blessure, de l'aider à passer du linge propre et de rester auprès d'elle. Il m'a priée de le suivre jusqu'au salon, sombre et désert, à cette heure, et il a refermé la porte. *J'attends votre explication, Anna.* C'est la première fois que je voyais Père ainsi, en vêtements de nuit, hirsute, hagard. J'avais en face de moi un homme au visage fatigué, brutalement arraché à son sommeil, visiblement choqué par ce qu'il venait de découvrir. Malgré le tragique de la situation, malgré les cris de femmes que l'on entendait maintenant dans tout le wagon, il demeurait calme, maître de lui. J'ai eu l'impression qu'il

94

cherchait réellement à comprendre ce qui s'était passé.

J'avais décidé de garder le silence et, bien sûr, je n'ai pas pu. J'ai tout avoué, dans les hoquets et dans les pleurs. Il m'a écoutée sans un mot. J'ai lu, plus encore que la colère ou le dégoût que je redoutais, une infinie tristesse dans son regard. Et où ai-je trouvé, au cours de ces aveux désordonnés, la force de lui avouer aussi la scène surprise entre Mère et lui ?

– *Comment vous appelez-vous, Anna ?*

– *Anna Alexandrovna Oulianova.*

– *Vous portez donc le même nom que moi, cela devrait vous suffire. Le reste ne vous regarde pas. Oubliez ce que vous avez entendu et qui ne vous était pas destiné.*

Il s'approcha, je reculai instinctivement de peur d'être frappée. À ma grande surprise il me fit asseoir près de lui, soupira.

*Anna, vous avez commis quelque chose de très grave, et vous le savez. Vous avez ruiné la vie d'une malheureuse qui avait placé sa confiance en nous et dont nous sommes responsables. Ne laissez pas la haine ni la jalousie meurtrir et étouffer votre cœur. Soignez votre âme, c'est elle seule qui donne la beauté. C'est votre bonté seule qui vous rendra belle, plus sûrement et plus durablement que la fraîcheur de votre teint ou la finesse de votre taille. Nous sommes tous victimes de nos passions, elles nous égarent, nous blessent et nous anéantissent parfois.*

Il dut s'arrêter, peinant à respirer.

*Je devrais vous punir et vous faire fouetter. Sachez que je n'en ferai rien. Le souvenir de votre acte sera votre châtiment, et votre conscience* votre juge le plus sévère. Je le sais, car je crois connaître le fond de votre âme souffrante. Remerciez le Ciel de vous avoir fait naître dans un milieu qui peut vous protéger, sachez que partout ailleurs vous risqueriez le pire. C'est certainement injuste, comme beaucoup de choses en ce monde, mais c'est ainsi. Soyez-en au moins consciente.

Je l'écoutais, visage baissé, tremblante d'émotion.

D'ici quelque temps, tout le monde aura oublié ce qui vient d'arriver. Pas vous, j'en suis certain. Je ne veux pas ajouter à votre détresse. Je souhaite que vous demandiez un jour pardon à votre victime.

Il s'est levé, j'ai remarqué pour la première fois combien son corps était pesant, combien ses gestes étaient lents. En même temps, je réalisais que c'était la première fois que l'on s'adressait aussi longuement à moi.

Il y aura une explication officielle, dont chacun devra se contenter, quoi qu'il en pense : vous aurez fait un cauchemar en vous endormant, vous aurez vu une silhouette venir vers vous, et vous n'aurez pas reconnu Mathilde, avec ses longs cheveux détachés. Il faisait très sombre. Prise de panique, vous lui aurez jeté au visage le thé que vous n'aviez pas bu, et vous vous serez défendue contre ce que vous aurez pris pour un agresseur. C'était une méprise, une horrible méprise, vous regrettez profondément votre geste. Il suffit, maintenant. Je suis fatigué. Vous aurez un compartiment pour finir seule cette nuit pénible, et Mathilde aussi. Quelqu'un restera avec chacune de vous deux. Il est temps de prendre

*quelques heures de repos, si c'est possible. Allez,*
*je vous accompagne.*

Les choses se sont passées comme il l'avait
indiqué, et c'est de ce compartiment inoccupé
où l'on a en hâte disposé quelques couvertures
à mon intention, et où je ne trouve pas le sommeil,
que je puis repenser à ce qui vient d'arriver.

# XII

*10 mars 2012*

Sergueï avait raison. Les dernières heures du voyage filent à grande allure, le moment arrive où chacun retourne à sa tanière, rassemble ses vêtements éparpillés, ses affaires de toilette, les livres, les baladeurs, les appareils photo, les téléphones, tout ce qui a permis d'agrémenter la traversée. Irina s'est allongée sur la banquette, la tête près de la fenêtre, le bourdonnement du train fait vibrer tout son corps. Elle essaie de calmer sa respiration, de ralentir ses battements de cœur, de surmonter cette nausée qui l'a brusquement cueillie dans le couloir. Elle a chaud, trop chaud, avec son tee-shirt rouge vif qui lui colle au dos comme un papier adhésif sous son pull à col roulé, l'odeur de sa propre transpiration la gêne. Peur, appréhension, tout se traduit en une sécrétion lourde et aigre à la fois, que le moindre de ses gestes libère.

Choisir, il faut choisir. Puis elle a froid, soudain, dans cet espace pourtant surchauffé. Là aussi, c'est signe chez elle de fatigue, de lassi-

tude, d'une chute brutale de tous ses flux d'énergie. C'est le moment où elle aimerait se trouver
chez Oksana, dans un angle de son canapé semé
de coussins à l'effigie de Marilyn, avec une de
ses grandes tasses de couleur vive remplie de thé
brûlant. Non, elle n'avait pas vu les choses ainsi.
Ni avec Mikhaïl, ni avec Sergueï, ni avec Enzo.
Se laisser porter par la vague, jusqu'au moment
de s'apercevoir que la vague est une déferlante
mortelle, ou qu'il n'y a plus de vague, rien que
le sable et d'inconfortables galets sur lesquels
elle trébuche. Et la nuit qui tombe. Et la vie qui
passe.

Sur elle-même, elle en sait suffisamment pour
rêver d'autre chose, d'une vie qui permettrait
d'acheter des magazines, des sacs à main, du
vernis à ongles et des boucles d'oreilles sans y
regarder à dix fois : elle pense que c'est ce qu'elle
va trouver auprès d'Enzo, et que l'amour, le vrai,
celui qui fait trembler, n'a rien à voir avec ça.
Que l'on peut prêter une partie de soi, comme
un vêtement, et que cela devrait suffire pour
écrire son avenir tel qu'elle le rêve. Elle se dit
aussi que parfois les choses changent, mais on
ne le sait jamais à l'avance, et peut-être aura-
t-elle envie de s'abandonner tout entière à cette
histoire qui l'attend.
Elle se souvient qu'il y a deux ans, Svetlana,
l'une de ses amies, avec ses fesses qui débordent
de partout et son nez à la retourne, oui, Svetlana
a vécu un authentique miracle. Devenue sourde
d'une oreille, elle a retrouvé l'ouïe, sans même
avoir prié pour ça, dans une église où elle entrait
pour la première fois ; c'était l'église de

Malakhovo, où se trouvait exposée l'icône de la Vierge de Jérusalem – connue pour de nombreux miracles, a-t-elle appris plus tard. Pendant l'office, elle avait à peine prêté attention à ce minuscule craquement dans son oreille droite, celle qui n'entendait presque plus rien. Un minuscule craquement et c'est tout.

Les jours qui ont suivi, elle s'est rendu compte qu'elle entendait à nouveau parfaitement de ce côté-là. Elle est allée revoir le pope et elle lui en a parlé, il n'a pas eu l'air très surpris, il lui a simplement dit qu'il fallait remercier, rendre grâce, dire sa joie. Elle a prié, fait une offrande à l'église et allumé quantité de cierges devant l'iconostase. Alors pourquoi pas ? Pourquoi pas elle ? Irina pense qu'il faut désirer très fort et s'abandonner ensuite, sans savoir si c'est à Dieu, ou à qui ou à quoi, et cesser de trop vouloir. Elle sait qu'elle veut sa chance et puis c'est tout.

Son ventre, ses bras qui maintenant réclament Sergueï. Lui et personne d'autre. Maintenant. Elle hésite, puis saisit son téléphone et compose le numéro noté sur la feuille de carnet. Sur le fond d'écran, les palmiers de la Promenade des Anglais se découpent sur un ciel et une mer d'un bleu céruléen. Elle écoute sonner, elle se dit que s'il ne répond pas, elle ne laissera pas de message. À la cinquième sonnerie, une voix nerveuse, pressée : – *Menchikov, oui.* – *C'est Irina. Je reste avec toi.* Et elle raccroche.

Voilà. Elle l'a dit plus vite, plus facilement qu'elle ne pensait. Si facilement qu'elle en est toute surprise, qu'au moment où elle s'entend prononcer ces mots, elle réalise à peine ce qu'elle a fait, ce à quoi elle vient de renoncer. Elle fixe son fond d'écran qui, d'un coup, ne signifie plus rien. Puis elle s'affole. Renoncer à cet échafaudage patiemment élaboré, renoncer en quelques syllabes à cette vie confortable tellement désirée, et jouer tout ça sur un coup de dés. Gagnant. Perdant. Comment savoir ? Et d'un coup, elle se met à rire. Soulagée. Débarrassée. Neuve à nouveau. Son ventre qui veut Serguéï, maintenant, demain, encore, encore. Les doigts de Serguéï qui découvrent son corps, qui s'attardent sur ses seins, son cou, ses cheveux. Tout de suite. *Non, Oksana, ne dis rien, s'il te plaît, ne dis rien. Je ne suis pas comme toi, c'est tout. Je t'aime, Oksana, ma plus que sœur, je t'aime, à la vie à la mort entre nous, mais ne dis rien.*

Dans le couloir, le passage s'intensifie, elle se met à guetter Serguéï avec appréhension. S'il avait changé d'avis ? Sa voix, là, au téléphone, à l'instant, impersonnelle, professionnelle, tendue, et soudain la sonnerie qui signale un message sur son portable. Les palmiers laissent la place à quelques lignes prises dans une bulle de couleur. *Si tu savais comme j'ai espéré cette réponse. À tout de suite. Serguéï.*

Irina se rassied sur la banquette, son sac en nylon brillant à ses pieds, regarde à la fenêtre. Les palmiers du fond d'écran surgissent dans le paysage qui défile. C'est bien le même bleu, avec un ciel encore plus haut que dans ses rêves. La voie ferrée longe la mer. Irina se dit qu'elle n'a encore rien vu d'aussi beau.

Les larmes qui lui viennent aux yeux secouent doucement son corps tout entier, lentement, longuement. Elle appuie son front à la vitre fraîche et ferme les yeux.

La porte de son compartiment s'ouvre en glissant silencieusement sur son rail. Sergueï attend qu'elle se retourne et s'avance vers elle. Ils restent longtemps, l'un face à l'autre, là, sans rien dire. C'est elle qui finit par rompre le silence. *Comment on va faire ? Je suis attendue à l'arrivée.*

Il ne répond pas tout de suite, il l'attire contre lui et glisse ses doigts sur sa nuque, à la racine des cheveux. Elle a envie de lui.

*Ce n'est pas très compliqué, ne te tracasse pas.*

Elle l'entend sourire.

*On va patienter un peu, attendre que la gare se vide et on sortira ensemble. Tu es attendue seule ? Un couple n'attirera pas son attention. Avec moi à tes côtés, en uniforme, il te prendra pour quelqu'un du personnel qui s'est changé avant de descendre.*

Elle l'écoute, intensément, comme s'il possédait la clé de sa vie entière. *Tu lui as déjà envoyé des photos avec ce manteau-là, avec cette écharpe ?* Elle dit que non, elle ne croit pas, mais elle n'est pas sûre. *Bon, tu vas descendre ton bonnet au ras des yeux, et tu vas remonter ton écharpe. On ne verra pas ton visage, à peine tes yeux. Et tes bottes, ton jeans, il les a vus ?* De toute façon, elle va se changer, mettre des vêtements neufs, comme ça il n'y aura pas de risque. Il lui dit qu'elle ne peut pas rester dans sa cabine, à l'arrivée les provodnitsas vérifient qu'il ne reste personne à bord. Il lui propose d'aller attendre dans son compartiment, d'y transporter dès maintenant ses affaires, sa grosse valise rouge et son sac en nylon brillant. Elle n'y sera pas dérangée. Il faudra qu'elle l'attende un peu, il lui reste des vérifications à faire, des contrôles, la fermeture du bar, du restaurant, rendre à chacun son passeport, répondre aux dernières questions des voyageurs, saluer chacun d'entre eux, les remercier et prendre congé au bout du quai. Le métier, quoi. Il viendra la chercher dès qu'il aura fini, quand tout le personnel sera parti.

Irina s'étonne que les choses deviennent si simples. Elle fait ce qu'il vient de proposer, elle le suit avec ses bagages et elle se glisse discrètement dans son compartiment, dont il baisse le store en lui conseillant de tirer le verrou.

Il l'installe en hâte et s'éclipse. Le train ralentit, ralentit encore, soupire et s'arrête. Nice, terminus. Irina baisse aussi le store de la vitre qui donne sur le quai, au cas où Enzo la chercherait déjà, elle entend les valises qu'on roule, des voix qui parlent russe, ou français, ou anglais. Les provodnitsas en tailleur gris et foulard rouge se tiennent au pied de chaque voiture. *Goodbye, thank you, merci, spassiba, good evening, dasvidania, au revoir.*

Il lui semble qu'elle attend depuis des heures dans cette boîte hermétiquement close. Il n'y a plus aucun bruit dans le train. Sergueï frappe à la porte, elle lui ouvre. *Allons-y. Je n'ai vu personne qui corresponde à la description que tu m'as faite. Il t'a appelé ?* Non, personne ne l'a appelée, personne n'a envoyé de message. Bizarre. De toute façon, son téléphone n'a plus de batterie. Elle rassemble ses cheveux sous son bonnet et le descend au ras des sourcils. Remonte son écharpe jusqu'aux yeux. C'est trop pour un mois de mars niçois, mais qu'importe. Ensemble ils quittent le train, avec sa valise à lui, sa sacoche, ses bagages à elle, ils tanguent l'un contre l'autre, il la tient maladroitement par la taille. Elle agrippe Sergueï de toutes ses forces, ses ongles dans sa peau à lui, ils traversent le hall avec son plafond ovale peint de nuages rondouillards, et comme dans toutes les gares, ils croisent des gens qui vont et viennent, le regard tendu vers les panneaux lumineux d'information, des gens qui achètent des sandwichs et des journaux tout en surveillant leurs sacs à roulettes.

Ils arrivent au studio où loge Sergueï, un petit immeuble banal deux rues derrière la gare, et y posent leur chargement. Elle a envie de lui, mais elle le sent encore tendu, fatigué peut-être, elle n'insiste pas. *Viens, on sort, je veux te montrer quelque chose.* Il a déjà passé d'autres vêtements, elle le regarde, surprise. Elle le trouve encore plus beau, avec un jeans et un blouson de cuir brun, bien plus beau que dans son uniforme gris mal coupé.

Ils sortent et marchent sans parler, serrés l'un contre l'autre, leurs gestes enfin libres. Ils traversent la ville, dans la fraîcheur d'un soir qui tombe. Il nomme pour elle les lieux, les rues, les places, la rue de France, la place Masséna, le cours Saleya. Puis il lui demande de fermer les yeux, de ne pas tricher et de se laisser guider, elle obéit en souriant, s'appuie à lui et plisse les paupières comme si un plein soleil l'éblouissait. Après quelques minutes de marche à l'aveugle, il lui dit *regarde*. Et la baie est là, dans la douceur et la perfection de son arrondi. La Promenade leur appartient, la mer leur appartient, et les palmiers et le ciel et la vie aussi, peut-être.

# XIII

*Saint-Pétersbourg, 13 mars 1881*

Le jour s'est levé depuis longtemps sur cette nouvelle journée, celle de notre arrivée. Aussi long-temps que je vivrai, je sais que chacune de ces heures demeurera en moi pour toujours, et que jamais je ne revivrai un événement aussi terrible que celui auquel nous venons d'être confrontés.

J'ignore ce que me réserve la vie maintenant, et cela m'importe peu. Lorsqu'on a traversé le pire, même le très difficile paraît clément.

Nous sommes enfin sortis de cette bruyante boîte en ferraille trop décorée. Ni Mère ni Vladimir n'ont cherché à me parler ou à me voir pendant la fin du voyage, et je constate que leur attitude ne m'attriste pas. Peut-être est-ce même un soula-gement. Tatiana a apporté mes repas dans mon compartiment, à la demande de Père. Je n'y ai guère touché, mais je lui sais gré de m'avoir épar-gné les regards curieux et horrifiés des autres voya-geurs. Nous retrouvons notre fin d'hiver russe, encore blanc et glacé. Que les charmes de la Riviera sont loin ! Ont-ils pour moi jamais existé ?

Tatiana a sorti de nos malles des robes chaudes, des manteaux, des bottes, des chapkas et des gants. Curieusement, la vue de ces objets familiers m'apaise, comme un point fixe alors que tout s'affole dans mon cœur et dans ma tête. Après des centaines de verstes à travers les plaines et les forêts de bouleaux, le train s'est approché de la ville. Il a ralenti. Les domestiques se sont regroupés dans les couloirs encombrés de bagages. Les plus grosses malles suivent dans un wagon spécial. Le train a sifflé longuement, puis il s'est arrêté. Par la vitre, j'ai vu des gens courir en tous sens, je n'ai pas compris pourquoi.

Père est descendu le premier. Il a été accueilli à la porte du wagon par son frère, le grand-duc Igor Feodorovitch Oulianov, dans son uniforme de colonel de l'armée impériale. Son officier d'ordonnance s'est immobilisé à quelques pas, en retrait. Je l'ai vu serrer son frère dans ses bras, l'étreindre longuement, lui dire quelque chose. J'ai vu Père fléchir d'un coup, Vladimir est accouru pour le soutenir. Puis mon frère a lui aussi porté la main à son visage, l'air bouleversé.

Les femmes sont descendues ensuite, j'ai vu Mathilde au bras de Tatiana, le regard au sol, marchant à petits pas. Les hommes se sont alors tournés vers nous et c'est Vladimir qui a parlé. Mon père et mon oncle semblaient avoir perdu l'usage de la parole.

*Notre bien-aimé tsar Alexandre II vient d'être assassiné. Il a rendu l'âme il y a quelques heures à peine. Un attentat a été commis aujourd'hui en fin de matinée, alors qu'il quittait le manège du palais, où il avait tenu à assister à la parade militaire. Des bombes ont été lancées par des anarchistes sous les jambes des chevaux, un acte prémédité de longue date, d'autres explosifs avaient été disposés sur un parcours différent. Notre tsar a eu le corps et les jambes déchiquetés, il a rendu son âme à Dieu après une terrible agonie. Les assassins ont été arrêtés. Plusieurs membres de la suite de notre souverain ont été tués sur le coup.*

Vladimir pâlit, sembla peiner à poursuivre. Sa voix tremblait lorsqu'il reprit. *Dimitri Sokolov, membre de sa garde rapprochée depuis quelques mois, est l'une des victimes.*

J'ai hurlé. Un cri de bête. Je suis tombée à terre et j'ai le souvenir que l'on s'est précipité pour me relever et tenter de me calmer. Mathilde s'est évanouie. Dimitri. Cadavre déchiqueté, sanglant. Dimitri. *Comme vous êtes radieuse, Anna Alexandrovna. Tellement radieuse.* Et le bouquet, et son rire, et ses yeux dans les miens. Dimitri. Un corps déjà raide, promis à la terre. Son visage méconnaissable, les membres arrachés.

Figés sur leurs sièges, les cochers nous attendaient à nos voitures. Il faut quitter cette gare sinistre, partir, aller n'importe où. Seigneur, ayez pitié. Ayez pitié de nos pauvres vies. Nous sommes deux, ce soir, à avoir tout perdu. Mathilde a perdu l'amour et la beauté, elle est pauvre et loin de chez elle ; j'ai perdu l'espoir qui m'aidait à supporter mon âme dans un visage et un corps repoussants. Nous sommes deux perdantes, que l'essentiel unit, et que tout sépare.

*Votre beauté est celle de votre âme avant tout.*
Les mots de Père, la nuit passée.

Mathilde s'est approchée. Elle m'a regardée à travers sa voilette et j'ai croisé son regard. Ses beaux yeux verts sont restés intacts dans son visage cloqué et boursouflé, à côté de l'entaille recouverte d'un morceau de gaze taché de sang qui remonte jusqu'à l'œil. *Je vous plains, Anna Alexandrovna. Je vous plains de tout mon cœur.* Sa voix était tendue, mais calme. Puis elle s'est éloignée, lentement. Je n'ai pas bougé, glacée, dans le soir qui tombe et le vent qui se lève et le monde qui s'agite autour de nous, étranger à tous nos rêves dévastés.

# XIV

*Nice, 10 mars 2012*

Ainsi, Irina n'est pas venue. Je suis allé l'attendre. En vain. J'ai fait les cent pas dans le hall de la gare, entre le kiosque à journaux et la voiturette à sandwichs, puis je suis allé sur le quai. Les voyageurs sont descendus des wagons, attendus pour la plupart d'entre eux. J'ai vu le personnel de service, les provodnitsas avec leur tailleur gris, leur toque rouge et leurs escarpins noirs, valisette roulant docile derrière elles, et des jeunes gens en costumes froissés. J'ai attendu, bien après que le train se soit vidé. Un couple encore est passé, lui en uniforme avec casquette à double galon, et elle, en jeans, bonnet et écharpe. Ils traînaient une armada de bagages derrière eux. Visiblement, ils étaient les derniers.

Irina n'était donc pas là. Enzo non plus. Il ne le pouvait, puisqu'il n'existe pas. Oui, Enzo n'est qu'une chimère. Un mirage. Peut-être serait-il temps que je me présente, même si vous m'avez entr'aperçu au fil des pages. Et puisque nous sommes ensemble embarqués dans cette histoire, allons jusqu'au bout, voulez-vous ?

Je m'appelle Philippe Barberi, je suis l'oncle d'Enzo. Enzo est ma créature. Immatérielle certes, mais comment départager le virtuel du réel ? C'est moi, moi seul, qu'Irina aurait dû rencontrer.

Je suis installé, comme tous les matins, à La Baleine Joyeuse, au fond de la darse de Villefranche, à ma table habituelle, posée en équilibre sur les pavés bancals au ras de l'eau, adossé aux canisses qui séparent le café du chantier naval. J'aime ce moment dans la douceur des bruns, des jaunes, des orangés des façades, dans la violence de la lumière sur l'eau. Oui, j'aime cet endroit, avec les airs italiens du clocher baroque jaune et rose, cette végétation envahissante et ces ruelles en pente qui arrivent au port.

Je viens là tous les matins. Dès que je suis prêt, après le passage sous une douche brûlante qui permet aux humeurs de la nuit de se dissoudre au fond du bac carrelé, je quitte mon appartement des vieux quartiers – j'habite rue Rossetti, près du marché – et je prends le bus qui parcourt les huit kilomètres entre Nice et Villefranche. Le bus emprunte cette route construite aux frais de l'impératrice Alexandra Feodorovna, venue par mer depuis Odessa jusqu'à la rade de Villefranche aux premiers temps de ses villégiatures. Je suis professeur d'histoire, retraité. J'ai enseigné trente ans au lycée Impérial de Nice.

Je ne me lasse pas de ce paysage, des bougainvillées violets, des palmiers, des cactus géants et des pieds d'aloès aux longues feuilles vernies vert et jaune, ni de la couleur de la mer et de l'ellipse parfaite qu'elle dessine. La *Baie des Anges* ! Les anges n'existent pas, tout le monde le sait.

Le bus me dépose au village. Je longe ensuite la promenade des Marinières et ses cafés, puis je contourne la citadelle par la passerelle métallique fixée au-dessus de l'eau et des rochers, et j'arrive à la darse. Tout est quiétude ici et à l'automne, dès qu'il fait un peu frais, le patron de La Baleine Joyeuse déroule d'épaisses bâches blanches et installe des colonnes de chauffage au gaz. J'y suis bien, on y connaît mes habitudes, pas besoin comme ailleurs de héler un serveur pressé qui prendra ma commande avec indifférence ou mauvaise humeur ; non, ici, mon petit déjeuner m'est apporté dès que je suis assis. J'ouvre alors mon ordinateur portable, et Enzo se met à vivre. Je lui prête mon âme, mes mots, ma voix, mon souffle. Il est mon golem numérique, mon enfant et mon double.

J'écris à Irina, longuement, en anglais, avec de temps à autre quelques mots de russe trouvés sur Internet. Je lui parle d'amour. Elle me répond. Je lui parle de ma vie, enfin, de celle d'Enzo.

Il a trente-deux ans et travaille dans une banque à Nice. Le week-end, il pratique l'escalade. Chaque année, il fait un long voyage, destinations lointaines, grands espaces. Il a découvert la Russie au cours d'une de ses échappées et rêve depuis son retour d'épouser une de ces jeunes beautés croisées dans les rues. Il a su que ce serait Irina dès qu'il a trouvé sa photo sur le site de rencontres où il s'était inscrit.

Irina me parle, ou lui parle, devrais-je dire, de sa vie à elle, de ses amis, de son travail, nous échangeons des photos. Il y a six mois que cela a commencé. Je l'ai trouvée sur un de ces sites aux noms prometteurs. J'y ai passé beaucoup de temps, ils présentent tous des centaines de jeunes beautés stupéfiantes. On y trouve aussi des moins belles, des moins jeunes, peut-être est-ce rassurant pour le visiteur intimidé par toutes ces plastiques de magazine et cela donne un peu de crédibilité à l'officine. Elles s'appellent Liza, Elena, Tatiana, Yana, Svetlana, Katia, Nadiya, Nina, c'est un catalogue infini de chairs tendres, de regards promettant les plus grandes félicités. À côté de la photo de chacune, une fiche précise son poids, sa taille, son niveau d'études, sa profession, sa religion, les sports qu'elle pratique ; on sait même si elle est fumeuse, ou non. L'anthropométrie au service de la relation amoureuse, en quelque sorte.

Dans la case réservée à l'indication des loisirs et centres d'intérêt, elles mentionnent en général des choses prudentes, avouables, universellement partageables, comme les voyages, la danse, les sorties entre amis, les restaurants. Et pour ce qui est de leurs traits de caractère, on apprend la plupart du temps qu'elles sont tendres, sensuelles, patientes et fidèles.

Suivent alors leurs photos. Beaucoup posent dans des tenues légères et suggestives. Certaines d'entre elles semblent à l'aise dans cet exercice ; pour d'autres, c'est pathétique.

D'un clic, le sort des candidates est scellé, contact ou page suivante, comme on choisit une imprimante ou un appareil photo sur un site de vente en ligne. J'ai honte parfois, ou pitié pour tous ces rêves d'une vie meilleure. Encore qu'il soit nécessaire de nuancer ce propos : nombre de ces belles n'ont pas l'âme aussi pure que leur teint de lys.

Certaines de ces agences abritent un système d'escroquerie très élaboré. Des filets très perfectionnés qui nécessitent un peu de méfiance pour ne pas s'y laisser prendre.

Les arnaqueuses, puisque c'est ainsi qu'on les nomme, commencent par demander de petites sommes d'argent, pour s'abonner à Internet et ne plus avoir à courir dans la nuit et le froid au cybercafé le plus proche, disent-elles, puis un peu d'argent pour apprendre la langue du fiancé et encore de l'argent pour le passeport, le visa et le billet du voyage. Lorsqu'elles ont tout reçu, elles envoient un mail dans lequel elles expliquent qu'elles se sont fait agresser et voler leur sac avec l'argent, les papiers et le billet la veille du départ, qu'elles sortent de l'hôpital, ou bien que leur mère vient de tomber gravement malade, que c'est un grand malheur, ou c'est une amie qui se charge d'écrire pour elles, les intéressées se trouvant encore en état de choc. L'adresse mail est aussitôt désactivée ou les messages demeurent sans réponse. Il ne reste à la demoiselle qu'à choisir un autre nom et à poser pour une nouvelle séance de photos. J'ai beaucoup cherché, et j'ai un jour trouvé Irina. Les pommettes les plus hautes et les yeux les plus bleus ? Les jambes les plus longues ? Non. Son visage m'a ému. Je rêve d'amour.

Depuis toujours la Russie vit en moi. Mathilde avait raconté son histoire lors de sa triste retraite de Russie qui l'a ramenée au port, ici, dans sa ville natale. Elle était mon arrière-arrière-grand-tante, la sœur de mon arrière-arrière-grand-mère. Le récit de sa double infortune a hanté mon enfance, puis ma vie d'homme, car on demeure plus ou moins l'enfant que l'on fut, il me semble.

Son drame a constitué le centre de notre mythologie familiale, certainement enjolivée, déformée, à la fois amplifiée et réduite, comme toutes les légendes et les épopées, et la hantise d'être agressé dans mon sommeil m'accompagne depuis toujours. Je ne me suis jamais marié et je n'ai jamais approché de femme. Il est tard maintenant pour les regrets. Mais est-il interdit de rêver encore ?

Je sais, on ne devrait pas faire tant de cas des histoires qui traînent dans les familles, ça empêche de vivre. Pourtant, celle de Mathilde m'a toujours inspiré révolte et compassion. Brisée, défigurée, elle est revenue vivre ici. Elle ne s'est évidemment jamais mariée, elle s'est contentée de vivre dans le souvenir de Dimitri en dissimulant sa disgrâce physique et sa tristesse derrière d'épaisses voilettes. Elle a vécu ici des années comme répétitrice auprès de familles bourgeoises, trop fière pour être à la charge des siens et n'inspirer que pitié, mais au cours des ans, tout cela est devenu au-dessus de ses forces. Un jour elle s'est couchée, et le lendemain elle était morte. J'ai compris qu'on peut mourir de chagrin.

Je possède une photo sépia, où deux jeunes femmes en jupe longue et corsage se tiennent derrière un guéridon recouvert d'un napperon en dentelle blanche. L'une d'entre elles porte à son chapeau une voilette sombre qui ne laisse apparaître que ses lèvres, l'autre est sa sœur, mon arrière-arrière-grand-mère.

Je me suis parfois demandé quel était le poids de cette histoire, qui s'est incorporée à la mienne. Comme en toutes choses, les raisons s'additionnent et se mêlent en un tissage serré dans lequel il est difficile de discerner les fils. Les événements racinent profond en nous, c'est tout un réseau souterrain qui se développe avec le temps. Notre existence est façonnée par ce que nous avons vécu, par les événements qui nous ont portés, construits, ou défaits à jamais. Un fait qui paraît anodin peut se répercuter à l'infini, comme les ondes concentriques se propagent à la surface, bien après que la pierre jetée dans le lac a disparu.

C'était en mai, j'avais dix-sept ans. Le mois et l'âge des promesses. J'étais amoureux. Élise était la meilleure amie de l'une de mes sœurs. J'étais amoureux de son odeur d'herbe coupée, de sa peau mate, de ses cheveux noirs ramassés en une natte épaisse et de son minuscule nez pointu.

Dans un moment d'audace que je ne m'explique toujours pas, un de ceux dont seuls les plus grands timides sont capables, paraît-il, j'avais proposé à Élise d'aller marcher sur la plage, en contrebas de la Promenade des Anglais, avant de la raccompagner chez elle, comme je le faisais lorsqu'elle repartait après avoir passé l'après-midi avec ma sœur. Elle avait accepté, croyant peut-être qu'il s'agissait d'un simple détour, ou qu'il serait plaisant de profiter du bord de mer. Les fins d'après-midi, lorsque le soleil entame sa descente et commence à creuser les ombres, sont d'une infinie douceur.

Tout le jour je m'étais senti nerveux, incapable de me concentrer sur quoi que ce soit. Vingt fois j'ai vérifié ma tenue dans la glace. Elle est venue me rejoindre au bord de l'eau, je l'ai vue arriver de loin, dans une robe claire ceinturée d'un mince lien bleu marine. Nous sommes entrés dans des propos prudents, mesurés, le temps qu'il fait, les films et les livres... J'ai tenté de me montrer spirituel, je tenais à ce qu'elle me prenne pour un esprit libre et affranchi, pas seulement pour le garçon silencieux qui la raccompagnait de temps à autre.

Après la partie la plus fréquentée de la Promenade, le chemin se resserre, et notre présence devient invisible aux passants au-dessus de nos têtes. C'est le moment où j'ai saisi sa main et tenté les premiers mots d'un discours préparé de longue date. Elle a reculé d'un pas comme si elle avait été touchée par un reptile, s'est figée et m'a regardé d'un air incrédule. Puis elle a éclaté de rire.

*Mais qu'est-ce que tu crois ? Tu t'es vu ?* Elle riait sans pouvoir s'arrêter. Toute la douceur que j'aimais s'était effacée de son visage. Le soleil venait de disparaître à l'horizon, la mer avait pris une teinte sombre, violette, presque brune.

Son rire a brusquement cessé. À quelques pas, derrière elle, un escalier en ciment rejoignait la Promenade, elle a saisi la rampe métallique et a paru s'envoler sur les marches. En un instant elle avait disparu. Je me suis retrouvé seul avec l'écho de ses paroles.

Pourquoi avait-elle accepté ce rendez-vous dont l'objet n'était pas des plus difficiles à deviner ? Par coquetterie ? Pour avoir quelque chose d'amusant à raconter à ses amies ? Aujourd'hui encore, la réponse m'échappe.

De retour à la maison, devant mon miroir, j'ai dû me rendre à l'évidence. Élise avait raison. J'étais laid. Lourd et laid. Des cheveux raides plantés en tous sens, une bouche épaisse, des yeux tombants, un corps de grand primate. J'avais rêvé de la grâce d'Élise dans la lumière de mai, là était ma faute. Le souvenir de son rire m'empêcha de trouver le sommeil cette nuit-là. Lorsque le jour s'est levé, je me suis fait le serment de ne plus jamais prendre le risque d'entendre à nouveau un tel rire. À ce moment-là, j'ai pris conscience de ce qu'avait pu éprouver Anna.

En vain j'ai entrepris des études qui devaient me mettre à l'abri de toutes les Élise de la Création. Par deux fois, j'ai échoué au concours de conservateur de musée. Pourvu des diplômes nécessaires, il m'a fallu me résigner à enseigner l'histoire, ici et là. J'ai ensuite fait ma place au lycée Impérial. Au prix d'un perpétuel et épuisant effort sur moi-même j'ai affronté jour après jour, année après année, les sourires moqueurs des adolescentes à qui je tentais d'exposer les subtilités de la révocation de l'édit de Nantes ou les conséquences économiques du Blocus continental. Arrivé à la retraite, le souvenir d'Élise et les vieilles histoires de famille sont venus me tourmenter. Le temps libre est un terrible persécuteur.

J'ai aimé Irina. Mais comment lui avouer mon âge et mes peines ? Avec elle, tout n'a pas été facile, plus d'une fois j'ai été mis en difficulté. Je me souviens de ce jour où elle m'a proposé de communiquer par une webcam. Je n'avais pas envisagé cette hypothèse, et j'ai senti la terre trembler sous mes pieds. J'ai dû recourir à de mauvais prétextes, lui expliquer l'insupportable frustration qui serait la nôtre de nous voir sans pouvoir nous toucher, si près, si loin. J'ai dû lui faire imaginer la joie, l'émotion, l'irremplaçable excitation qui serait la nôtre en nous cherchant à la descente du train ou de l'avion. Elle s'est finalement rangée à mes arguments, mais j'avoue avoir eu peur.

Bien entendu, j'avais aussi décliné le réseau social Facebook. Elle, une amie virtuelle ? Je l'avais en trop haute estime pour l'assigner à résidence sur l'un de ces absurdes réseaux dits sociaux ! Avec elle, je ne rêvais que d'un échange privé, particulier, exclusif et secret. J'avais aussi refusé le téléphone, avec plus de difficulté pour me justifier. Le risque aurait été moins grand, mais je n'en suis pas totalement certain. Ma voix n'est pas celle du jeune homme que j'étais supposé être. En revanche, je lui envoyais de nombreuses photos d'Enzo. J'avoue avoir utilisé là les nombreuses photos d'un ami de Thomas, un certain Maxime, dont je disposais.

Je n'ai pas encore parlé de Thomas. C'est mon neveu, mon vrai neveu quant à lui, le fils de ma sœur aînée. Un jour, après une discussion animée, je lui ai demandé s'il accepterait que je devienne, en plus de mon statut d'oncle dans la vie réelle, son « ami » sur Facebook. Cela nous permettrait d'échanger facilement, de prolonger nos conversations. Doutant de mes compétences en matière de numérique, puis amusé, il a accepté. J'ai ainsi eu accès à la vie et aux photos de nombre de ses amis, qui livrent sur le Web leurs moindres faits et gestes, y compris les plus anodins et les moins intéressants. Surtout les plus anodins et les moins intéressants. C'est là que j'ai trouvé Maxime, trentenaire comme mon neveu, beau garçon, célibataire et surtout grand posteur de photos sur la Toile. Fêtes, sorties, promenades, randonnées, plage, montagne... Quelques clics suffisent à les enregistrer, et les envoyer à Irina dans les mails que je lui adresse. C'est ainsi que Maxime a prêté son visage à Enzo, par cette simple substitution numérique. Ses photos, j'en possède des dizaines. Je fais très attention à ne pas commettre d'impair avec les lieux et les saisons.

Ainsi, Irina n'est pas venue. Jamais je n'en saurai la raison. Je lui avais envoyé l'argent du visa et du voyage, même un peu plus. Sur ses photos, ni ses expressions ni ses vêtements ne laissaient deviner une flamboyante arnaqueuse. Peut-être est-elle pourtant l'une d'elles. C'est possible, mais j'ai du mal à le croire. Orgueil ? Aveuglement ? Aurais-je été dupé comme n'importe quel naïf ? Difficile à admettre, mais c'est possible, je ne peux m'en prendre qu'à moi-même, mais quelque chose me tracasse. Un fait étrange. Irina m'a envoyé un message en arrivant à Smolensk, le soir de son départ, un peu avant minuit. *My dear Enzo, getting now at Smolensk. So happy to meet you soon. Good night ! Love. Irina.* En vérifiant, il se trouve que c'était l'heure précise où son train arrivait à Smolensk. Il y a donc deux hypothèses : ou bien elle a effectivement pris le départ, mais il s'est passé quelque chose avant l'arrivée, ou bien elle connaissait la durée du trajet, et elle aura tenté de me faire croire qu'elle était réellement partie. Étrange. J'ai hésité à l'appeler, à laisser des messages. Dans quels espaces la sonnerie se serait-elle perdue ?

Je suis rentré chez moi, rue Rossetti. Sa pente m'a paru bien raide, moi qui d'ordinaire la sens à peine sous mes pieds ; ses ocres délavés, ses roses ternis m'ont fait l'effet d'un décor mélancolique et abandonné.

À la gare, je devais me présenter comme l'oncle d'Enzo, que j'évoquais de temps à autre dans mes messages. Pour lui, j'étais plus qu'un oncle, je remplaçais le père qu'il avait perdu il y a quelques années, j'étais son confident, malgré la différence de génération entre nous. Il me parlait d'Irina depuis le début, redoutant mes réserves et cherchant mon approbation. Il m'avait confié ses sentiments, ses craintes, me montrait ses photos. La réaction de sa mère l'inquiétait. J'étais chargé de lever ses réticences en la convainquant de la sincérité des sentiments de la jeune Russe. Grâce à moi, leur correspondance prenait chair au-delà des messages échangés, je m'étais donné un rôle de témoin bienveillant, de bon génie de leur histoire. Irina ne devait donc pas être trop surprise en me voyant, tout au plus serait-elle très déçue, ce que je peux comprendre. J'avais réfléchi à quelques prétextes plausibles pour justifier son absence, due à un stupide contretemps. Quoi de plus normal qu'il m'ait chargé d'accueillir sa fiancée et de l'aider à s'installer ?

Aurais-je trouvé ensuite le courage de lui avouer la réalité de la situation ? Aurais-je pris la fuite ? Lui aurais-je proposé la même promenade qu'à Élise ? Chacun reste un mystère à lui-même. Irina m'aura offert quelques mois de bonheur. Je ne demande rien d'autre aujourd'hui.

Bien souvent, je repense à ce fameux jour de mai. Mai, le mois des roses... La robe claire d'Élise et sa silhouette volant sur les marches.

Alors que j'arrive au soir de ma vie, et que le cercle va se refermer un jour prochain, je me dis parfois que le cours de nos existences dépend de quantité de choses, et davantage d'un agrégat de minuscules détails que de grands événements.

Cette mosaïque finit par dessiner les contours de notre visage, ou peut-être ce visage existait-il déjà, de toute éternité, et tous nos agissements, toutes nos allées et venues n'ont eu d'autre objet que de le retrouver, à la façon d'un dessin que l'on colorie en suivant son tracé. À chacun son lot, la main de Léonard ou l'encrier renversé. Nous naviguons rarement jusqu'à de tels extrêmes, nous nous contentons le plus souvent de suivre une voie médiane, incertaine et sinueuse, dont il faut nous satisfaire.

Il ne faudrait pas tant écouter les histoires qui circulent dans les familles, il n'y a pas grand-chose à gagner à remuer ces vieilles marmites, mais c'est difficile. Ce sont des faits aussi présents que les tableaux accrochés aux murs, ou les rideaux suspendus aux fenêtres, on finit par ne plus les voir, mais ils sont là, l'œil a intégré leur présence et notre perception de l'espace en est marquée sans le savoir. Peut-être aurais-je dû me rebeller lorsque, immuablement, à la fin des repas de famille, la complainte de Mathilde élevait sa voix au-dessus de la porcelaine et de l'argenterie, entre le gigot et le vacherin à la framboise, mais tous les enfants aiment les contes.

J'ai rêvé de longues plaines de bouleaux et de troïkas dans la neige, de gestes et de regards furtifs échangés dans les couloirs des palais des bords de la Neva, de bruissements de robes et de serments dérobés, de billets glissés par les servantes et d'éventails agités devant des visages troublés. J'ai rêvé d'amour et d'exil, moi qui n'ai jamais connu l'amour et qui ne suis jamais parti.

Irina n'est pas venue. Il va me falloir du temps pour oublier son visage, pour me défaire d'Enzo, pour renoncer à cette illusion dans laquelle j'ai tenté de trouver joie et consolation. En voulant l'étreindre, j'ai détruit ce tendre rêve. Il me reste désormais chaque heure de ma vie, dans son couchant, pour me souvenir que nous poursuivons en vain un horizon qui se dérobe, et que nos songes ne sont que châteaux de sable, inlassablement détruits par la mer et par le vent.

**10671**

*Composition*
NORD COMPO

*Achevé d'imprimer en Espagne*
*par BLACKPRINT CPI*
*le 2 mars 2014.*

Dépôt légal mars 2014.
EAN 9782290079447
OTP L21EPLN001509N001

ÉDITIONS J'AI LU
87, quai Panhard-et-Levassor, 75013 Paris

*Diffusion France et étranger : Flammarion*